北《ほく》[illegible]44度の夏

ぼくらは戦争を知らなかった

有島希音 作
ゆの 絵

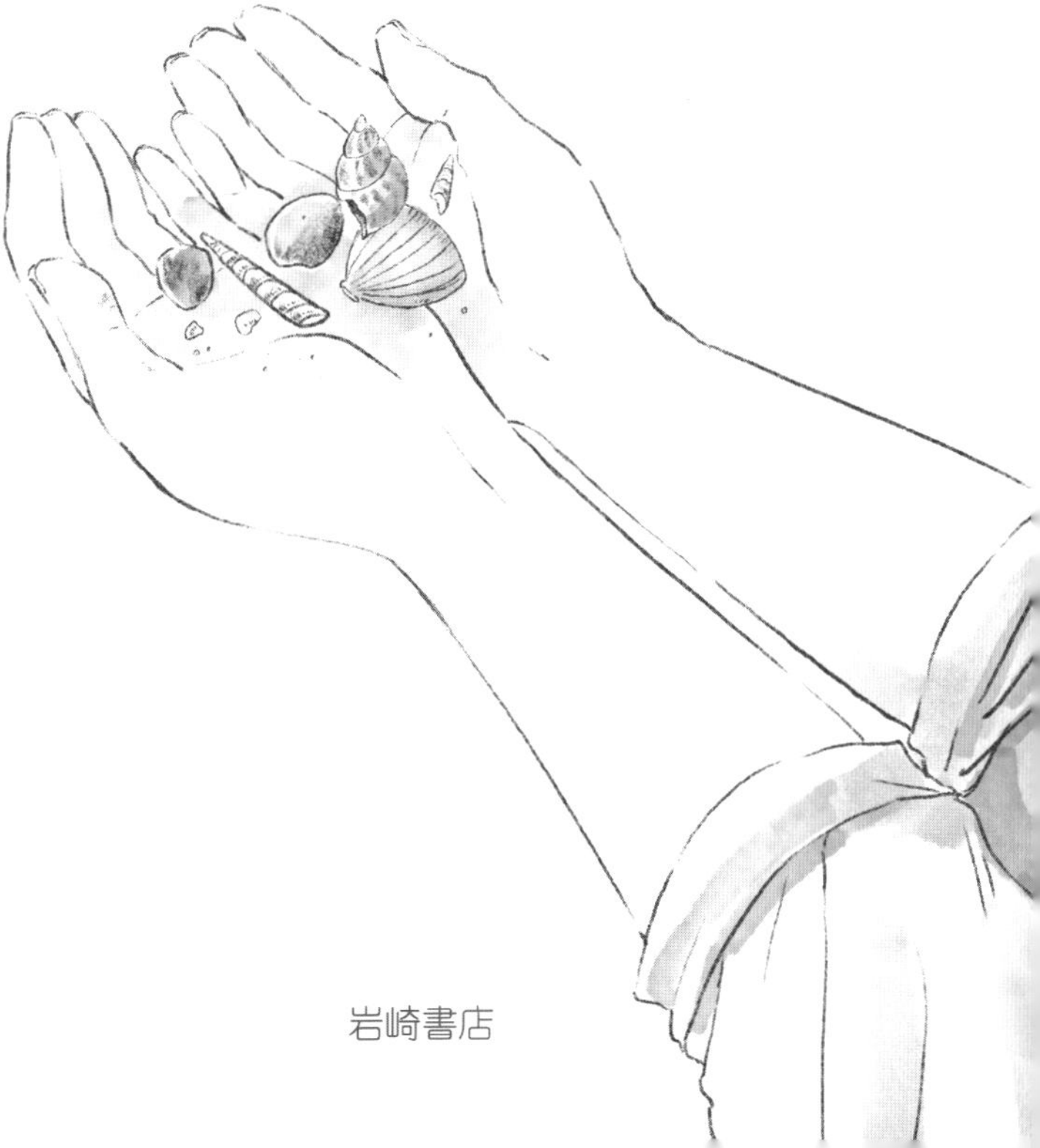

岩崎書店

もくじ

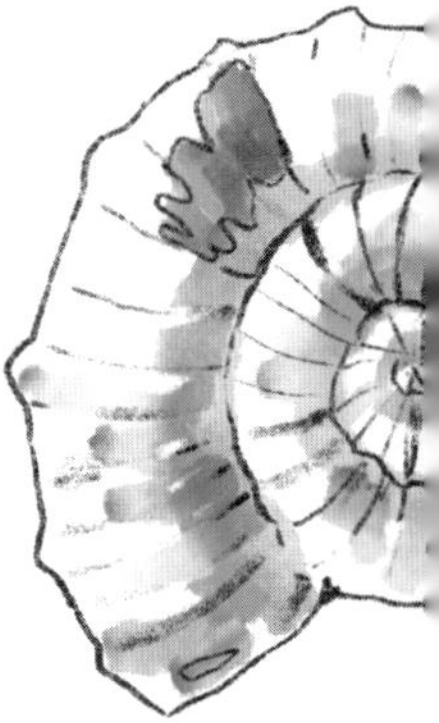

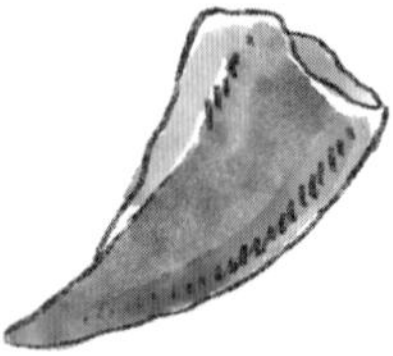

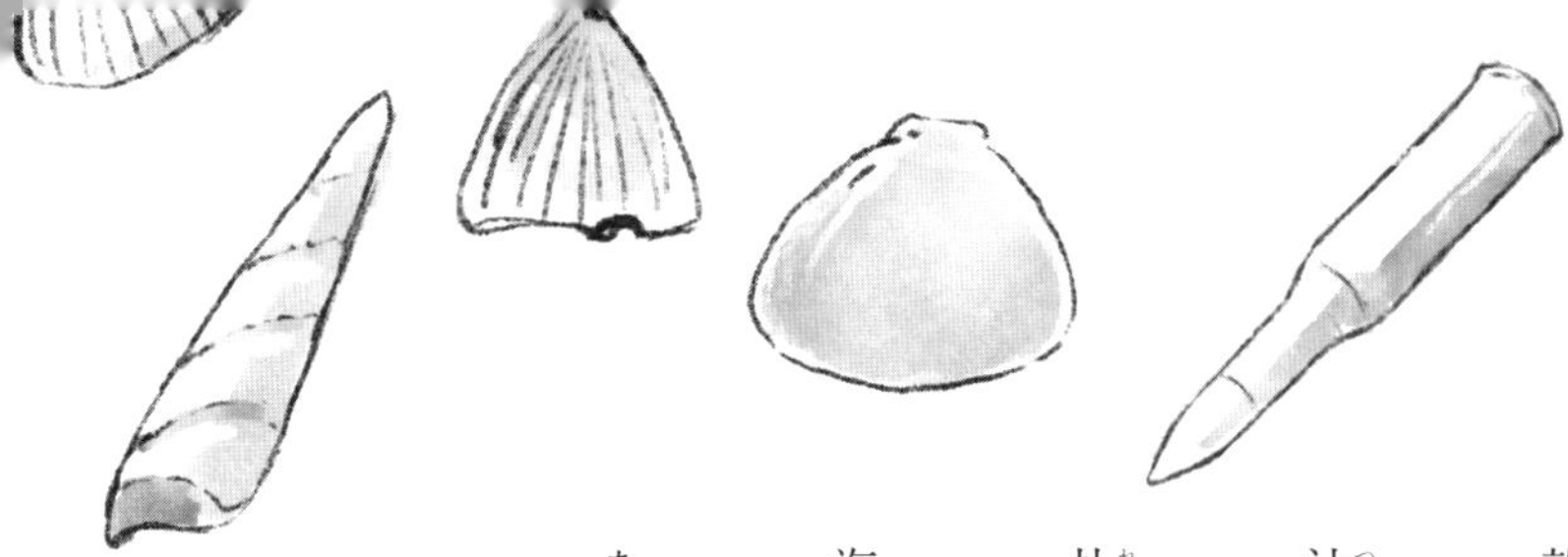
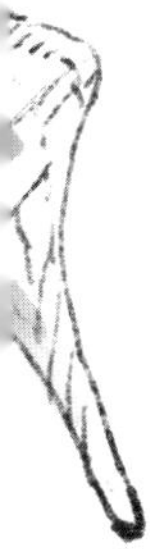

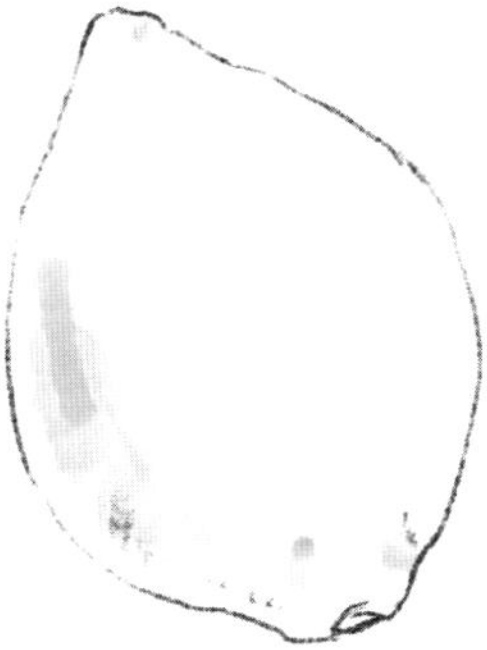
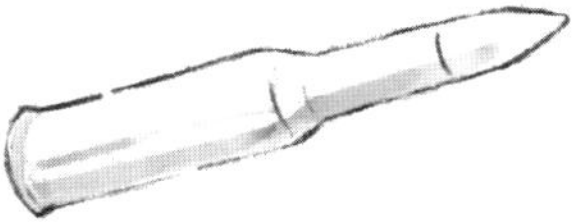
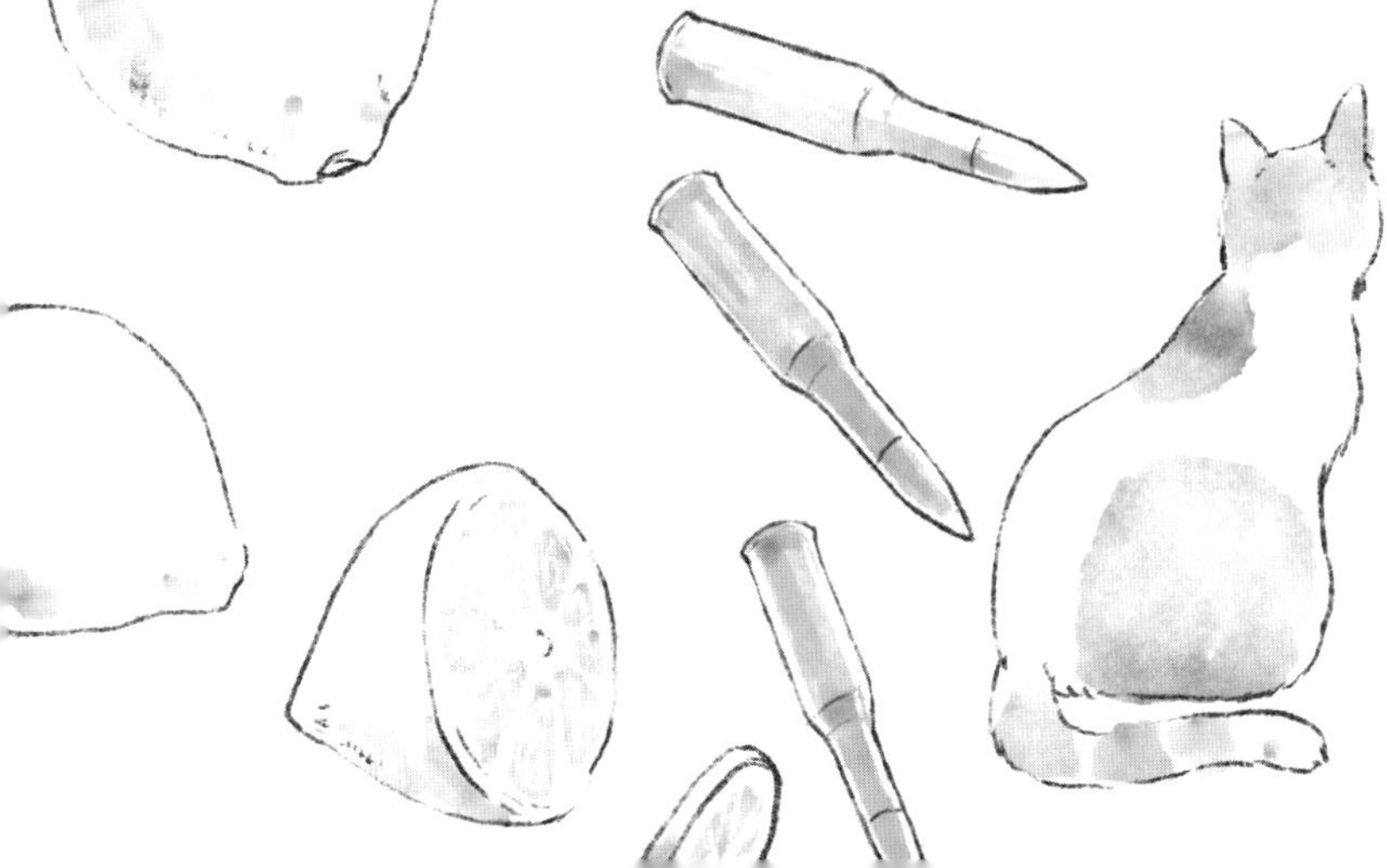

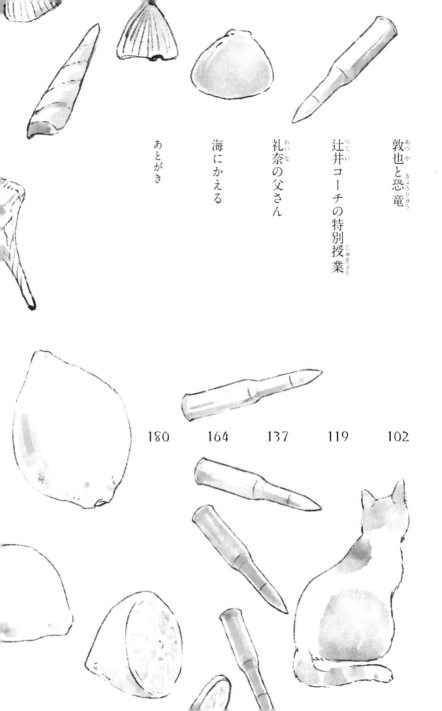

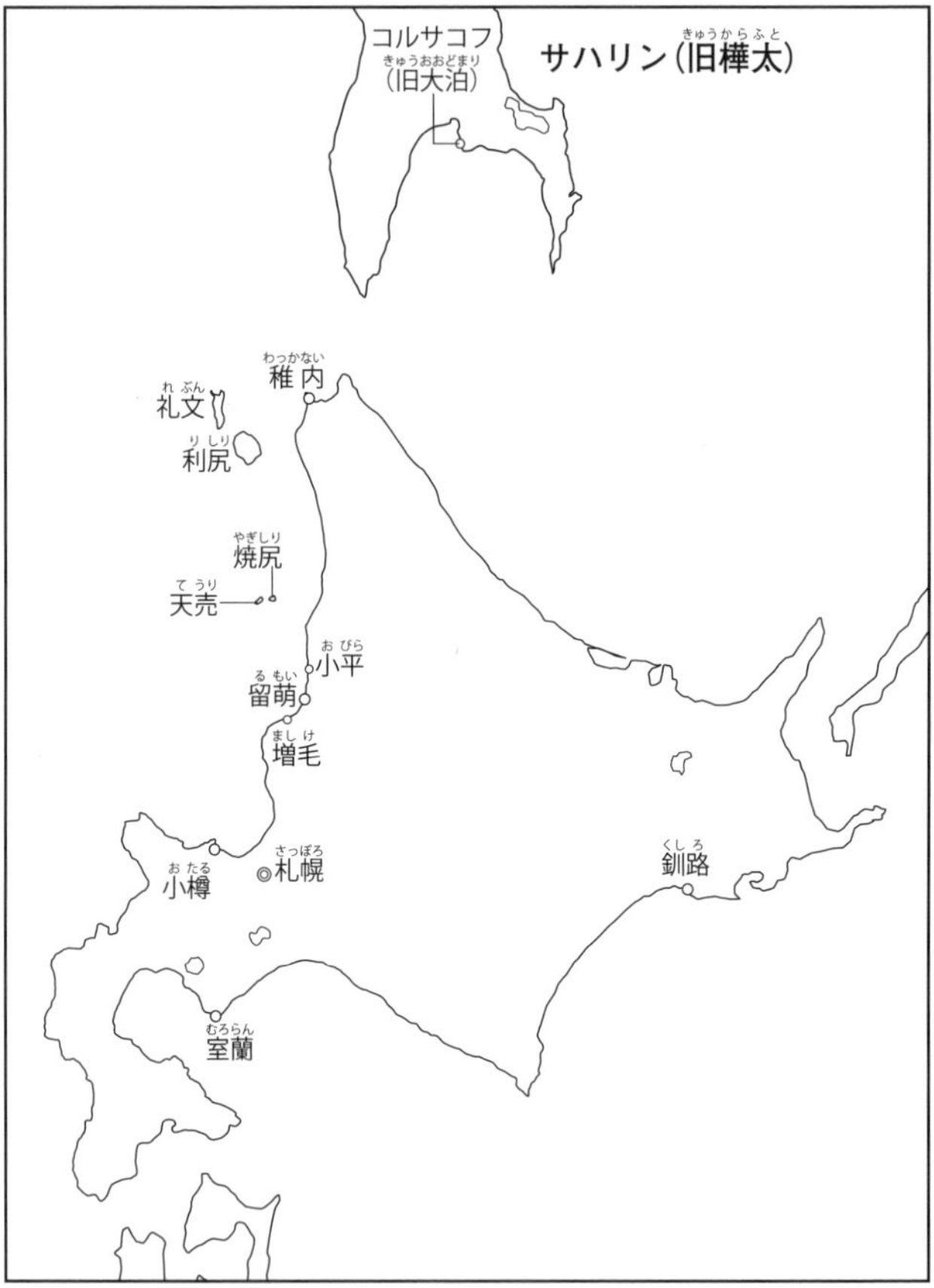
コルサコフ
(旧大泊《きゅうおおどまり》)
サハリン(旧樺太《きゅうからふと》)
稚内《わっかない》
礼文《れぶん》
利尻《りしり》
焼尻《やぎしり》
天売《てうり》
小平《おびら》
留萌《るもい》
増毛《ましけ》
札幌《さっぽろ》
小樽《おたる》
釧路《くしろ》
室蘭《むろらん》

ひっぱられる

浩太《こうた》は、波打ちぎわから貝をひろいあげた。

「わあ、こんなの見たことない……」

貝は、ユニコーンの角《つの》みたいに茶色とベージュの渦《うず》をきりりと巻《ま》きあげる。図鑑《ずかん》の中の、南国の貝のようだ。

「どこから、流れてきたんだろう?」

貝を陽にかざすと、ぬれた肌《はだ》がきらりと光をはねかえした。

北緯《ほくい》四四度。

北海道の西北、日本海に面する小平町《おびらちょう》。

浩太《こうた》は、雪が消えると毎年海にやってくる。

閉《と》ざされていた海が、春を祝うようにたくさんの貝を打ちあげるからだ。

薄《うす》いピンクの二枚貝《にまいがい》、さまざまな形の巻貝《まきがい》、ちょっと見には砂粒《すなつぶ》にしか見えないホタテ貝の赤ちゃん……。浩太《こうた》は今、貝集めに熱中している。

「いってぇ」

春でも、海風はまだ針《はり》をふくんでる。三〇分も海にいると、頬《ほお》はぴいんと張《は》り耳はちぎれそうに痛《いた》みだす。浩太《こうた》は、痛《いた》む耳に手をやり腰《こし》を伸《の》ばした。

遠く増毛《ましけ》の海に、雪をまとった暑寒別岳《しょかんべつだけ》が大きくつきだしている。

〈明日は、来れないかも……〉

暑寒別岳《しょかんべつだけ》がきれいに見える次の日は、天気がくずれるという。

浩太《こうた》は、ユニコーンの角《つの》を袋《ふくろ》に入れ砂浜《すなはま》を急いだ。

「だけど、打ちあげられるのは貝がらだけ。中身は、いったいどこへ行くのかな?」

考えながら歩いていると、いつのまにか「しべ川」の河口《かこう》に来ていた。よく海に来る浩《こう》太《た》も、ここまで来るのははじめてだ。

雪解《ゆきど》け水を集めた黒い川が、ごうごうとうなりをあげる。

小平《おびら》しべ川の語源《ごげん》はアイヌ語の「オ・ピラ・ウシ・ペッ」、河口《かこう》に崖《がけ》のある川という意

味だ。その意味通り、しべ川の対岸には丘《おか》が迫《せま》ってそこから先には進めない。

灰色《はいいろ》の丘《おか》、にび色の海、とがった風……。

荒涼《こうりょう》とした中に、一人ぽつんと取り残されている恐怖《きょうふ》がおそってくる。

〈帰らなきゃ〉

あわててもどろうとしていると、とつぜん目の前に一人のおじいさんがあらわれた。

〈あれ？　今までだれもいなかったのに……〉

しべ川からいきなり出てきたように見えるおじいさんは、頭にタオルのはちまきを巻《ま》いて網《あみ》をかついでいる。どうやら、漁師《りょうし》さんみたいだ。

〈まさか、漁をしてた？〉

浩太《こうた》は、荒《あ》れくるう川を横目で見た。

おじいさんはゆっくり近づいてくると、すれちがいざまにこういった。

「ぼうず、あんまり海に来てるとひっぱられっぞ」

しわがれた声が、波のすき間からとぎれとぎれに聞こえてくる。

〈えっ？〉

今まで会ったこともないのに、なぜそんなことをいうんだろうと思った。

「どういう、ことですか?」

ふりむいて聞きたかったが、おじいさんはうつむいたまま波打ちぎわを見つめて歩いていく。とても、話しかけられる雰囲気《ふんいき》じゃない。

浩太《こうた》は、しかたなくおじいさんを見送った。

〈ユニコーンの角《つの》を見つけてせっかく楽しい気分だったのに、だいなしじゃないか……〉

と、思ったが、とりあえず人に会ったことで一人ぼっちの恐怖《きょうふ》は薄《うす》らいでいた。

〈よーしっ、せっかくここまで来たんだからついでに砂浜《すなはま》の終わりを見ておこう〉

浩太《こうた》は気を取り直して、しべ川のきわまで進んだ。

河口《かこう》で川はいくすじにも分かれ、運ばれた砂《すな》が扇《おうぎ》のように広がっていた。

「へぇ、これが三角州っていうやつかぁ」

学校で習ったことを実際《じっさい》に目にすると、すごく納得《なっとく》できる。

浩太《こうた》は、ぬかるむ砂《すな》に足を取られないようにきょろきょろと川を見わたした。おじいさんが漁で使った、小舟《こぶね》でもあるのかと思ったのだ。

でも、おびまる広場の丘《おか》の上でカモノハシリュウのモニュメントが寒そうに向こうを向いているだけでほかには何もない。カモノハシリュウはしべ川上流のダム湖にあったのを、何年か前に温泉施設《しせつ》「ゆったりかん」前のおびまる広場に運んできた。小平町《おびらちょう》は、北海道で一番最初に恐竜《きょうりゅう》の化石が見つかった町なんだ。

〈おかしいな……〉

首をかしげながらくびすをかえすと、元来た民家のある海岸がひどく遠くに見える。

〈やば……〉

一人取り残されている恐怖《きょうふ》が、またおそってくる。

浩太《こうた》は、けんめいに砂《すな》をこいだ。

でも、冷えきった体はなかなかいうことを聞かない。進むどころか、後ろにさがっている気がする。

しばらく砂《すな》と格闘《かくとう》していた浩太《こうた》は、

〈あれっ?〉

と、思った。

波打ちぎわを歩いていたはずの、おじいさんの姿《すがた》が見えない。

〈さっき、すれちがったばかりなのに……〉

国道と砂浜《すなはま》を隔《へだ》てる堤防《ていぼう》を見わたすが、そこにもおじいさんの姿《すがた》はない。

〈変だな？〉

浩太《こうた》は、砂浜《すなはま》と堤防《ていぼう》を何度も見くらべながらようやく元の海岸にたどりついた。


おじいさんにいわれたことが気になっていた浩太《こうた》は、夕飯の時に聞いてみた。

「海に来てるとひっぱられるって、どうしてそんなことというの？」

父さんと母さんは、顔を見合わせた。

宗太《そうた》兄ちゃんは、知らん顔でたくあんをばりばりやってる。野球を終えたばかりの兄ちゃんは、ご飯しか目に入らない。

答えをまったけど、父さんたちは何もいわない。

〈ん？〉

なんか、変な雰囲気《ふんいき》だ。

「ごっそーさん」

あっという間に夕食を食べ終えた兄ちゃんが、食後の素振《すぶ》りに庭へ出ていく。

母さんはそそくさと兄ちゃんの食器を片《かた》づけはじめ、父さんはテレビのスイッチを入れた。

〈なんだ、これ？〉

浩太《こうた》は、父さんと母さんの態度《たいど》にもやもやしながら部屋にひきあげた。

母さんからもらったお菓子《かし》の箱に綿《わた》をしきつめ、今日ひろってきたばかりの貝を並《なら》べる。浩太《こうた》の貝のコレクションも、もうこれで三箱目だ。

箱の中から、ユニコーンの角《つの》を取りだす。

〈よく、こんなの落ちてたなあ〉

てのひらにすっぽりおさまるユニコーンの角《つの》は、見れば見るほど完ぺきな形をしていた。

思わぬ収穫《しゅうかく》に大満足の浩太《こうた》は、にまにま笑いながら箱を押《お》し入《い》れにしまおうとしてふと手をとめた。

〈あれ？　まてよ。前に母さんが「お盆《ぼん》をすぎたら海に入ってはいけない」っていってたことなかったたっけ……？　その時「なんで」って聞いたら、たしか「ひっぱられる」っていったような……〉

かすかな記憶《きおく》をたぐりよせていると、足元ですりすりしていた猫《ねこ》のチャチャがぴょーんと押《お》し入《い》れに飛びのった。

「あ、まてっ」

チャチャは、茶トラのオスだ。二年前に材木置き場で鳴いているのを、見捨《みす》てられずに連れかえった。

「だめよっ」

猫《ねこ》ぎらいの母さんが即答《そくとう》するのを、粘《ねば》りに粘《ねば》ってようやく許《ゆる》してもらった。こんなこ、母さんに見つかったら大変だ。「絶対《ぜったい》に、押《お》し入《い》れには入れない」というのが、条件《じょうけん》だったからだ。

「こらっ、出てこい」

チャチャは伸《の》ばした浩太《こうた》の手をすりぬけ、ささっと布団《ふとん》の奥《おく》に入りこむ。

「ああ、もうっ」

布団《ふとん》を一枚《いちまい》のけ二枚《にまい》のけ、汗《あせ》だくになってチャチャをつかまえた頃《ころ》には、浩太《こうた》は「ひっぱられる」のことをすっかり忘《わす》れていた。


四月、新学期がはじまった。

担任《たんにん》は、四年生と同じ吉沢枝里子《よしざわえりこ》先生だ。

枝里子《えりこ》先生は三〇代で、子どもが二人いる。

教室に貼《は》ってある担任《たんにん》の名前を見た時、浩太《こうた》は「よっしゃあ」と思った。六年生の角《かく》バンは「こらぁ!」っていったらおしまいだけど、枝里子《えりこ》先生はおれたちの話をちゃんと聞いてくれる。角《かく》バンっていうのは、角田《かくた》先生のことだ。転勤《てんきん》してきた時、おでこにでっかいバンソウコウを貼《は》ってたから角《かく》バン。

「うへぇ」

ななめ前で、周平《しゅうへい》が配られた時間割《じかんわり》をひらひらさせた。

〈ん?〉

と、思って見ると「家庭科」の文字が目に飛びこんできた。

〈家庭科？　どんなことを、するんだろう？〉

と、思っていると、

「わっ」

今度は横で悠人《ゆうと》がのけぞった。

週に三回あった体育が、二回に減《へ》っている。運動神経《うんどうしんけい》だけで元気に生きてる悠人《ゆうと》にとって、体育が減《へ》るのは大問題だ。

「くそっ」

腹立《はらだ》ちまぎれに、悠人《ゆうと》が消しゴムのカスをぶつけてくる。

「この」

浩太《こうた》がこぶしをふりあげると、前の方で敦也《あつや》がこっちを見てふふっと笑った。

悠人《ゆうと》、周平《しゅうへい》、敦也《あつや》は、同じサッカー少年団《しょうねんだん》のメンバーだ。悠人《ゆうと》は三年の最初からレギュラーで、敦也《あつや》は去年レギュラー入りした。敦也《あつや》は成績《せいせき》もいいし運動神経《うんどうしんけい》もいいから、そんなの不公平だと浩太《こうた》は思う。浩太《こうた》と周平《しゅうへい》は、まだ補欠《ほけつ》……。

「はあっ」

浩太《こうた》がでっかいため息をつくと、

「あんたたち、うるさいっ」

前の席の香莉《かおり》が、耳の横で結んだ髪《かみ》をびゅいんといわせてふりむいた。

ぷっ

周平《しゅうへい》が吹《ふ》いて、前を向く。

香莉《かおり》はガソリンスタンドの娘《むすめ》で、おれたちは小さい時から勉強も運動もかなわない。香《かお》莉《り》は、人の気持ちにはおかまいなし。ぼやぼやしてると、あっという間にふっとばされる。どんなササ原もつきすすむドサンコっていう北海道産の馬にそっくりだから、おれたちは香莉《かおり》をひそかに「ドンコ」と呼《よ》ぶ。香莉《かおり》の父さん、辻井守《つじいまもる》さんはおれたちサッカー少《しょう》年団《ねんだん》のコーチだ。

へんっ
浩太《こうた》は、香莉《かおり》の後頭部に向かって思いっきりしかめっ面を作った。

始業式の日、学校は午前で終わりだ。

「なんだよぉ、あの時間割《じかんわり》ぃ。やる気なくしたぁ」

校門を出てから、周平《しゅうへい》のぼやきがとまらない。

五年生では、周平《しゅうへい》の得意《とくい》な国語、音楽、図工の代わりに苦手な外国語がふえていた。

「まあ、まあ」

敦也《あつや》が、なだめる。

成績優秀《せいせきゆうしゅう》の敦也《あつや》は、時間割《じかんわり》がどうなろうと関係ない。

「明日は、カレーコロッケとポパイサラダかぁ」

悠人《ゆうと》はもう体育減《げん》のショックから立ち直ったのか、給食の献立表《こんだてひょう》とにらめっこしてる。

「でも、今年も枝里子《えりこ》先生でラッキーだったね」

敦也《あつや》がいうと、

「ああ」

「角《かく》バンと交代だっていう話があったから、ひやひやしたよ」

「だな」

この点では、四人の意見は一致《いっち》していた。

「そいじゃあ」

信号のある交差点で、四人はそれぞれの道に分かれる。

サッカーのない日は、いつもここでお別れだ。

小平《おびら》ふしぎ発見

五年生最初の総合《そうごう》学習の時間、枝里子《えりこ》先生がいった。

「去年は、みんなよくがんばったわね」

おれたちは、四年生の総合《そうごう》で「小平《おびら》ふしぎ発見」をした。小平町《おびらちょう》でふしぎに思うことを、いくつかのグループに分かれて調べたんだ。

浩太《こうた》は、悠人《ゆうと》、周平《しゅうへい》と一緒《いっしょ》に「しべ川はなぜにごっているか」について調べた。

小平町《おびらちょう》を流れるしべ川は、いつもにごってる。しべ川の周辺はほとんどが砂岩《さがん》や泥岩《でいがん》でできているから、川ぶちや川底にもたくさん砂《すな》や泥《どろ》がたまっている。それをけずって流れる川は、いつもにごってしまうってわけだ。

敦也《あつや》は、もちろん恐竜《きょうりゅう》だ。

しべ川上流ではたくさんのアンモナイトが発掘《はっくつ》されて、カモノハシリュウやクビナガリュウの化石も見つかっている。恐竜《きょうりゅう》を調べている時の敦也《あつや》は、目がびっかびかに光ってた。

おかげで四年の終わりには、おれたちは小平町《おびらちょう》にくわしくなって小平町《おびらちょう》のことがちょっぴり好きになっていた。

枝里子《えりこ》先生が、去年みんなが取り組んだテーマを次々に黒板に書いていく。

「五年生ではこの中のどれか一つにしぼって、もっとくわしく調べて壁《かべ》新聞にまとめてみましょう」

枝里子《えりこ》先生がいうと、

「えーっ」

みんなはいっせいに声をあげた。

調べて発表するだけならいいが、文章にまとめるのはなかなか大変だ。

枝里子《えりこ》先生は、かまわず続けた。

「この中で、もう少し知りたいと思うテーマはある？　最近新しく、ふしぎに思ったことでもいいわ」

「うーん？」

教室の空気は、とたんに重くなる。

浩太《こうた》は、教室から音が消えるこの瞬間《しゅんかん》が苦手だ。

お尻《しり》がもぞもぞしてきて、なんだかいごこちが悪くなる。

「はいっ」

たえきれなくて、浩太《こうた》は手をあげた。

「うーんと、あのう……」

何か、考えがあったわけじゃない。

とりあえず口を開いて、沈黙《ちんもく》をやぶりたかった。

「去年調べたことじゃないんですけど、それでもいいですか?」

とっさに浮《う》かんだのは、海で会ったおじいさんのことだ。

「いいわ」

枝里子《えりこ》先生が、うなずく。

「この前海に行ったら、知らないおじいさんに会って……。『ぼうず、あんまり海に来てたらひっぱられっぞ』っていわれたんです」

「ん？」

何人かが、顔をあげた。

「おれも、いわれたことある……」

「私《わたし》も」

あちこちで、声がする。

浩太《こうた》は、教室に音がもどってほっとする。

「はい」

大志《たいし》が、手をあげた。

大志《たいし》は酒屋の息子で、みんながもりあがってる時にしらける一言を浴びせるのが得意《とくい》だ。

「それって、お盆《ぼん》によくいわれるやつですよね。たぶん単純《たんじゅん》に海水温がさがって危《あぶ》ないから、海に入っちゃいけないってことじゃないですか？　お盆《ぼん》すぎたら、くらげだって出るんだし」

なぜか浩太《こうた》を挑戦的《ちょうせんてき》ににらみ、謎《なぞ》のびんぼうゆすりをする。大志《たいし》は、一瞬《いっしゅん》で人を敵《てき》にまわす天才でもある。

「だって、今はお盆《ぼん》じゃないだろ」

周平《しゅうへい》が、反論《はんろん》する。

「うん、うん」

何人かが、うなずく。

「じゃあ、なんでなんだよ」

大志《たいし》は、おもしろくなさそうに口をとがらせる。

それ以上つっこまれると、周平《しゅうへい》は答えられない。

「はいっ」

教室に生まれかけた沈黙《ちんもく》を、押《お》しのけるように香莉《かおり》が手をあげた。

「昔、浜《はま》にたくさんの死体が流れついたって聞いたことがあります。それと、関係があるかも」

「えっ？」

「死体……？」

「何、それ？」

教室が、ざわつく。

恐《こわ》がりの礼奈《れいな》が、はじかれたように香莉《かおり》を見た。

「香莉《かおり》さん、もっとくわしく説明できますか？」

枝里子《えりこ》先生がいうと、香莉《かおり》はゆっくりと首を横にふった。


ほうっ……。


張《は》りつめていた教室の、あちこちで吐息《といき》がもれる。

枝里子《えりこ》先生が、問いかける。

「さあ、どうしましょう？　浩太《こうた》くんのいった『ひっぱられる』、香莉《かおり》さんが聞いた『死体が流れついた』、調べてみますか？」

男子がうんうんうなずき、女子はいっせいに首をふった。

「はい」

敦也《あつや》の手が、あがった。

「『ひっぱられる』にしても『死体が流れついた』にしても、情報《じょうほう》が少なすぎます。それが、本当かどうかさえわからない。だから、決めるのはまだ早いと思います」

枝里子《えりこ》先生が、うなずく。

「それに……」

ためらいがちに、敦也《あつや》が続けた。

「ぼくは、恐竜《きょうりゅう》についてもっと知りたいです。小平《おびら》はせっかく北海道で一番先に恐竜《きょうりゅう》の化石が見つかった町なんだから、今年は調べるだけじゃなくみんなでしべ川上流にさがしに行くとか……」

「わあっ」

女子たちが、かん声をあげる。

「小平《おびら》小学校五年生新化石発見、なんてあったらいいなあ」

敦也《あつや》がつぶやくと、

「すてきっ」

女子たちの騒《さわ》ぎは、もうとまらない。

「賛成《さんせい》」

女子に混《ま》じって、大志《たいし》の声がする。

そのままいっきに恐竜《きょうりゅう》に傾《かたむ》いてしまいそうな教室に、香莉《かおり》の声がひびいた。

「でも、恐竜《きょうりゅう》はあちこちで見つかってるよ」

「え？」

女子たちが、いっせいにとがった目を向ける。

〈おっと、ドンコ、女子を敵《てき》にまわす気か？〉

香莉《かおり》は、知らん顔で続けた。

「北海道では日本最大の全身骨格《こっかく》化石『むかわ竜《りゅう》』が見つかった穂別《ほべつ》の方が有名だし、全国では恐竜《きょうりゅう》王国っていわれる群馬や福井の方が有名よ」

女子たちの視線《しせん》が、ぶすぶすと香莉《かおり》につきささる。

「それに、しべ川はものすごくたくさん人が入ってるから、もう調べつくされて何も残ってないって父さんがいってた」

香莉《かおり》の父さん、つまりおれたちサッカー少年団《しょうねんだん》のコーチ辻井守《つじいまもる》さんはアンモナイトの採《さい》集《しゅう》でも有名だった。町の文化交流センターの展示室《てんじしつ》には、コーチが発見したアンモナイトがいくつも並《なら》べられている。

「それに」

〈まだ、続ける気か？〉

浩太《こうた》は、香莉《かおり》の後頭部に向かって「やめとけ」ビームを発射《はっしゃ》したがむだだった。

「熊とか蛇《へび》とかいるし、私《わたし》はさがしに行くのいやだな」

〈やっちまったぁ……〉

女子の怒《いか》りは、もうマックスだ。

いつも冷静な敦也《あつや》が、めずらしく知識《ちしき》を総動員《そうどういん》して反論《はんろん》しはじめた。

「ぼくたちがいるこの地球に、恐竜《きょうりゅう》が住んでたんだよ。すごいと思わない？　しべ川上流は、恐竜全盛期《きょうりゅうぜんせいき》の白亜紀《はくあき》の地層《ちそう》が地表近くに出てるめずらしい場所なんだ。小平《おびら》から発《はっ》掘《くつ》されるアンモナイトは、渦巻《うずま》きがきれいで品種も豊富《ほうふ》……」

「知ってる。うちにも、本があるから」

香莉《かおり》は、まったく動じない。

「恐竜《きょうりゅう》の歴史《れきし》は一億六四〇〇万年、人類の歴史《れきし》は五〇〇万年でしょ。恐竜《きょうりゅう》はそんなに長く生きていたんだから、世界じゅうどこにでもいたのよ。世界三大恐竜《きょうりゅう》博物館はカナダ、中国、福井。日本で最初に足跡《あしあと》が発見されたのは、群馬県……」

〈こいつ、めっちゃくわしい……〉

浩太《こうた》は、家で恐竜《きょうりゅう》図鑑《ずかん》を開いてる香莉《かおり》を想像《そうぞう》して思わず椅子《いす》をひいた。

「香莉《かおり》さん、よく知ってるわね」

枝里子《えりこ》先生が、感心したようにいった。

「ところで、お父さんはしべ川によく調査《ちょうさ》に出かけられているけど、香莉《かおり》さんも一緒《いっしょ》に行ったことがあるの？」

香莉《かおり》は、こくっとうなずいた。

「じゃあ……、熊なんかにも会ったことがある？」

熊と聞いたとたんに、礼奈《れいな》がのけぞって香莉《かおり》を見る。ほかの女子たちも、一瞬敵意《いっしゅんてきい》をひっこめて香莉《かおり》を見た。香莉《かおり》は、こともなげにうなずいた。

「ええっ」

教室に、どよめきが広がる。

枝里子《えりこ》先生が、吉村昭《よしむらあきら》という人の小説『熊嵐《くまあらし》』の話をしてくれたことがある。舞台《ぶたい》になった苫前町《とままえちょう》は、小平《おびら》よりもうちょっと北にある町だ。昔、大きな熊が家の壁《かべ》をやぶって入ってきて、女の人を殺《ころ》してお腹《なか》の赤ちゃんを食べちゃったんだ。あの時も、礼奈《れいな》は恐《こわ》がってびーびー泣いていた。

「それで、どうしたんですか？」

枝里子《えりこ》先生が、心配そうに聞いた。

香莉《かおり》は、あっけらかんと答えた。

「だれが林の中にあんなはく製《せい》を置いたんだろうと思って見てたら、ちょうど車のそばにいた父さんがビビィッってクラクションを鳴らして、熊はザーッて笹《ささ》こいで逃《に》げていった」

「はあっ」

みんなが、とめていた息を吐《は》きだす。

「無事で、良かったわ……」

枝里子《えりこ》先生も、胸《むね》をなでおろした。

リアルな体験は、やっぱり強い。敦也《あつや》と女子の戦意は、すっかり失せてしまったみたいだ。

「じゃあ、今日はこのくらいにしましょうか」

枝里子《えりこ》先生が、みんなを見まわす。

「今のところ、浩太《こうた》くんの『ひっぱられる』、香莉《かおり》さんの『死体が流れついた』、敦也《あつや》くんの『恐竜《きょうりゅう》』がテーマとして出ています。敦也《あつや》くんがいう通り、もう少し情報《じょうほう》が必要ね。みんなも、お家の人や周りの人によく聞いてごらんなさい。図書室や道の駅、文化交流センターなどに行って調べるのもいいわね。もっと情報《じょうほう》を持ちよって、少しずつ一つにしぼっていきましょう」

枝里子《えりこ》先生は、黒板に書かれたテーマをていねいに消した。

おじいさんをさがしに

月、水、金は、サッカー少年団《しょうねんだん》の練習がある。

おれたちはいったん家に帰り、午後五時にグラウンド集合だ。

ランニング、ストレッチ、ボールタッチ。基礎練《きそれん》のあとに、試合がはじまる。サッカー少年団《しょうねんだん》のメンバーは、近くの小学校の三年から六年までの一八人。相手チームには、少《しょう》年団《ねんだん》OBや地元のサッカー好きが集まってくる。

海側のネット裏《うら》で、こぼれ球をまちながら周平《しゅうへい》がいう。

「しっかし悠人《ゆうと》ってすごいよなあ、足の裏《うら》に糸でもついてんじゃね?」

悠人《ゆうと》はレギュラーになった三年の最初から、上級生にぜんぜん負けてなかった。悠人《ゆうと》の足にかかると、ボールはまるで忠実《ちゅうじつ》な犬のようだ。

「なんで、あんなことできんだろうな?」

「さあ?」

二人は、顔を見合わせため息をついた。

「ところでおまえ、もちろん『ひっぱられる』だよな」

周平《しゅうへい》が、聞く。

総合学習《そうごう》の、テーマのことだ。

「うん」

「悠人《ゆうと》も、そうだな。敦也《あつや》は、恐竜《きょうりゅう》か？」

「ああ」

二人の予想通り、敦也《あつや》は練習が終わるとすぐコーチのところへ駆《か》けつけた。しべ川の化石について、聞いているのだ。

辻井《つじい》コーチは、いつもガソリンスタンドを奥《おく》さんにまかせて練習にやってくる。子どもの頃《ころ》からサッカーを続けていて、高校ではインターハイにも出たそうだ。アンモナイトや化石の収集《しゅうしゅう》は、中学からはじめたそうだ。六年生の担任角《たんにんかく》バンとは仲が良く、サッカー少年団《ねんだん》の学校側の担当《たんとう》をしている角《かく》バンは時々練習に顔を見せる。

浩太《こうた》、周平《しゅうへい》、悠人《ゆうと》の三人はしばらく敦也《あつや》をまっていたが、コーチとの話はなかなか終わりそうにない。三人は、敦也《あつや》を置いて先に帰ることにした。

歩きながら、悠人《ゆうと》がいう。

「おれ、『ひっぱられる』のことじっちゃんに聞いてみるわ」

悠人《ゆうと》のじっちゃんは、国道沿《ぞ》いで八百屋をしている。

「おれは、いわれたことないけど聞いてみる」

周平《しゅうへい》の家は、お寺だ。

「おまえの父さん、お坊《ぼう》さんなら何か知ってんじゃね？」

悠人《ゆうと》が聞くと、

「ああ。だけどおやじ、仕事のことあんましいわないからな」

周平《しゅうへい》はぼやくようにいった。

「へえ。おまえ、父さんのことおやじっていってんの？　かっけぇな」

悠人《ゆうと》が、周平《しゅうへい》の肩《かた》をつつく。

「なんだよ……」

周平《しゅうへい》が、つつきかえす。

「うちはこの前なんか変な感じだったから……、聞いてもだめかも」

浩太《こうた》が、自信なさげにいった。

「ふうん。じゃ、どうすんの？」

悠人《ゆうと》が、いう。

「どう、しようかなあ？」

浩太《こうた》は、海を見ながらいった。

「おじいさん……、さがしてみようかなぁ？」

「えっ？　おじいさんって、この前『ひっぱられっぞ』っていった人？」

悠人《ゆうと》と周平《しゅうへい》が、同時に聞く。

「うん……。絶対《ぜったい》、なんか知ってるはずなんだ」

浩太《こうた》がいうと、

「じゃ、おれも行く」

「おれも」

悠人《ゆうと》と周平《しゅうへい》が、一緒《いっしょ》にいった。

三人は明日の放課後、海でおじいさんをさがすことにして別れた。

「いる?」

「いや……、いない」

浜《はま》には、たくさんの人が出ていた。どうやら、大波のあとだったらしい。みんな、両手いっぱいに昆布《こんぶ》やワカメを持っている。浜《はま》に打ちあげられたのを、ひろっているのだ。

三人は、堤防《ていぼう》に腰《こし》かけて浜《はま》を見わたした。

「気ん持ちいいなあ、海って」

周平《しゅうへい》が、大きな伸《の》びをする。

悠人《ゆうと》も両手を広げ、思いっきり浜風《はまかぜ》を吸《す》いこんだ。

今日の暑寒別岳《しょかんべつだけ》は、雲の下からすそだけが見えている。

「あっ!」

暑寒別岳《しょかんべつだけ》を見ていた浩太《こうた》が、とつぜん声をあげた。

「おじいさんっ」

浩太《こうた》は、叫《さけ》ぶなり堤防《ていぼう》を飛びおりた。

「えっ？　どこ？」

「どれ？」

周平《しゅうへい》と悠人《ゆうと》がいった時には、浩太《こうた》はもう駆《か》けだしていた。

二人も、あわててあとを追う。

浜《はま》に出ている人の間を、おじいさんがゆっくりと暑寒別岳《しょかんべつだけ》の方へ向かって歩いていく。

浩太《こうた》は、夢中《むちゅう》で砂《すな》をこいだ。

〈まって、おじいさん。聞きたいことがあるんだ〉

追いかけながら、悠人《ゆうと》がいう。

「浩太《こうた》って、こんな足速かったっけ？」

「うーん？」

周平《しゅうへい》が、首をかしげる。

「これじゃあ、レギュラー入りも近いかも」

「えっ、まてよ！　補欠《ほけつ》はおれだけって、やめてくれぇーっ」

周平《しゅうへい》の叫《さけ》びを、浜風《はまかぜ》がさらっていく。

「おかしいなあ、たしかこの辺だったんだけど……」

浩太《こうた》は立ちどまり、きょろきょろとあたりを見まわした。

でも、おじいさんらしき人影《ひとかげ》はどこにも見あたらない。

はあっ　はあっ

追いついた悠人《ゆうと》と周平《しゅうへい》が、息を切らしていう。

「見まちがいじゃ、ね？」

「陸《おか》へ、あがったとか……？」

「いや、まっすぐ歩いてた」

浩太《こうた》が、いう。

「本当に、見たの？」

「見たっ。タオルのはちまきをして網《あみ》をかついで、あのおじいさんにまちがいない」

浩太《こうた》は、ゆずらない。

三人はその辺をずいぶんさがしまわったがおじいさんはとうとう見つからず、すごすごと浜《はま》をひきあげた。

あきらめきれずに、浩太《こうた》が何度も浜《はま》をふりかえる。

「総合《そうごう》、明日だぞ。どうする?」

周平《しゅうへい》が、聞く。

「じっちゃんも、わがんねっていうしなあ」

悠人《ゆうと》のじっちゃんは、

「すったらこと、わがんねえ。ガキの頃《ころ》からそういわれてっからそうなんだ、昔の人はそういわねぇ」

店先で春キャベツをぽんぽん叩《たた》きながらいったらしい。

周平《しゅうへい》のところは、ちょうどお通夜が入っていて聞けなかったそうだ。

「聞いたけどわからなかったって、正直にいうしかないなぁ」

浩太《こうた》が、残念そうにいう。

「だな」

「敦也《あつや》……、きっといっぱい話すだろうなあ」

「恐竜《きょうりゅう》になると、人変わるからなあ」

「うん」

「五年生のテーマは、『恐竜《きょうりゅう》』かぁ」

「小平《おびら》小学校五年生新化石発見……、いいけどなぁ」

三人は、ぶつぶついいながら交差点で別れた。


次の日、敦也《あつや》より先に手をあげたのは大志《たいし》だった。

〈え？　大志《たいし》ぃ？　どうせ、『ひっぱられる』について調べるのは反対だなんて、念おしする気だろ〉

と、思ったら、

「死体が流れついたのは八月二二日、太平洋戦争が終わった一週間後です。樺太《からふと》からの引《ひ》き揚《あ》げ船《せん》三隻《せき》が、目の前の海でソ連の潜水艦《せんすいかん》に攻撃《こうげき》されたんです」

って、大志《たいし》はいいだした。

「へ?」

「カラフト?」

浩太《こうた》、周平《しゅうへい》、悠人《ゆうと》の三人は、きょとんとして顔を見合わせた。

「この前あいつ、恐竜《きょうりゅう》に賛成《さんせい》してなかったっけ?」

悠人《ゆうと》が、小声でいう。

なんでも大志《たいし》の父さんがそのことについて調べていて、家にたくさんの資料《しりょう》があったそうだ。

〈あんなに、反対してたくせに……〉

浩太《こうた》は、得意《とくい》げな大志《たいし》を横目でにらんだ。

「まじ?」

「ここで?」

「戦争が終わった、一週間後?」

みんな、口ぐちにいっている。

枝里子《えりこ》先生が、聞く。

「それで、お父さんは『ひっぱられる』について何かおっしゃってましたか?」

「いや……」

大志《たいし》は、首をふった。

〈なーんだ、『ひっぱられる』についてはやっぱりわからずじまいか。おれらもなんもわかんなかったしなあ、あとは敦也《あつや》の一人舞台《ひとりぶたい》だな〉

と、思ったら、香莉《かおり》が手をあげた。

「うちの父さんも、前から調べていて……」

〈えっ、コーチ、そんなこともやってんの? サッカーにアンモナイトに船……? いつ、仕事してんだろう?〉

浩太《こうた》は、ガソリンスタンドでいそがしそうに走りまわってる香莉《かおり》によく似《に》たコーチの奥《おく》さんを思いだした。

「昔の樺太《からふと》、今のサハリンの南半分は日本の領土《りょうど》で、四〇万もの日本人が暮《く》らしていたんだって。でもロシア、その頃《ころ》はソ連だけど、戦争はしないっていう日本との約束をやぶって、戦争が終わる直前の八月九日に国境線《こっきょうせん》をこえていきなり攻《せ》めこんできたんだって」

「ん?」

はじめて聞く話にみんなぴんとこないようだが、

「約束してたのに、なんで?」

「そんなこと、あったの?」

なんてささやきあってる。

香莉《かおり》は、続けた。

「男の人たちは戦うために残らなければならなかったから、女の人と子どもと老人だけで逃《に》げたって。弾《たま》がびゅんびゅん飛びかう中を必死で逃《に》げて、南端《なんたん》の大泊《おおどまり》っていうところにようやくたどりついた。そこから日本へ向かう船に乗ったんだけど、稚内《わっかない》に着いてみたら港はもういっぱいで入れなかったの。それでしかたなく小樽《おたる》を目指して、ここを通った。八月二二日、戦争が終わって七日もあとだよ」

「ふうん」

みんなは、香莉《かおり》のいきおいに巻《ま》きこまれて聞いている。

香莉《かおり》は、時々ノートを見ながら話していく。

「最初に通ったのは小笠原丸《おがさわらまる》で、増毛別苅《ましけべつかり》沖で攻撃《こうげき》されて沈没《ちんぼつ》した。二番目は、第二新興丸《だいにしんこうまる》。焼尻《やぎしり》をすぎたところで攻撃《こうげき》され、大穴《おおあな》をあけられたの。潜水艦《せんすいかん》に追われて一回鬼鹿《おにしか》の岸にぐっとよってきたけど、傾《かたむ》きながらそのまま海岸線を進んで留萌《るもい》の港に逃《に》げこんだ。三番目の船が、泰東丸《たいとうまる》よ。泰東丸《たいとうまる》は鬼鹿《おにしか》の沖で攻撃《こうげき》されて、今もたくさんの遺骨《いこつ》と一緒《いっしょ》にそこに沈《しず》んでいるんですって」

「えっ?」

「鬼鹿《おにしか》……?」

鬼鹿《おにしか》は、小平町《おびらちょう》の中でも北よりにある町だ。みんなは、いっせいに海を見た。具体的な地名が出ると、話がぐんと目の前に迫《せま》ってくる。

「亡《な》くなったのは、三つの船合わせて約一七〇八人。混乱《こんらん》していて乗船名簿《めいぼ》も正確《せいかく》じゃなかったから、もっと多いかもしれないって。だから、この辺の浜《はま》に五六もの遺体《いたい》が流れついたのよ」

礼奈《れいな》が首をすくめて、ふるえだす。

〈またか……〉

おれたちはもう、礼奈《れいな》の恐《こわ》がりには慣《な》れっこだ。

〈一七〇八人って……。去年小平《おびら》ふしぎ発見で小平町《おびらちょう》の人口を調べた時、男性《だんせい》の数が約一四〇〇人だったからそれより多いってこと？　小平町《おびらちょう》の男性《だんせい》が、みんな消えた……〉

浩太《こうた》が考えていると、

「あーっ」

悠人《ゆうと》がとつぜん、でっかい声をあげた。

「花田の番屋ーっ。番屋の前に三つの船がどうとか書いてあるやつ、あれってこれのことー？」

すっとんきょうな声が、しずまりかえった教室の空気をいっきにけちらす。さすがフォワード、キック力はんぱない。

「そうね」

枝里子《えりこ》先生が、笑ってうなずく。

「旧花田家番屋《きゅうはなだけ》、道の駅の隣《となり》の昔の鰊《にしん》番屋ね。その前に、海に向かって黒い碑《ひ》が建っているでしょ。三船遭難慰霊之碑《さんせんそうなんいれいのひ》、って読むの。この事件《じけん》を忘《わす》れないために、そして海で亡《な》くなった人たちの霊《れい》をなぐさめるために建てられた碑《ひ》よ」

「へっぇー」

まるで大発見でもしたみたいに、悠人《ゆうと》が目を見開いてうんうんうなずく。みんなが、くすっと笑う。でも、浩太《こうた》は笑えなかった。浩太《こうた》も、碑《ひ》の意味を今知ったのだ。

〈いくら見慣《みな》れていても、意味を知らないとそこに『ない』と同じなんだ……〉

香莉《かおり》が、めずらしく深刻《しんこく》な顔でいう。

「私《わたし》、この話を聞いて一番ショックだったのは、留萌《るもい》と釧路《くしろ》を結ぶ線から上はソ連だったかもしれないってことなの」

「えっ？」

みんなが、ふしぎそうな顔で香莉《かおり》を見た。

〈ドンコ、いったい何をいいだす気だ？〉

悠人《ゆうと》のおかげで一瞬《いっしゅん》ゆるんだ空気が、またすぐしゅっとちぢまった。

香莉《かおり》は、沈《しず》んだ声でいった。

「ソ連は、二日後の八月二四日には留萌《るもい》の港から上陸してくるところだったのよ。そして、留萌《るもい》と釧路《くしろ》を結んだ線から上の北海道を占領《せんりょう》するつもりだったの。だから、偵察《ていさつ》のために留萌《るもい》沖に潜水艦《せんすいかん》がいたのよ。三つの船は、その潜水艦《せんすいかん》にやられたの」

みんなは、息を飲む。

礼奈《れいな》も一瞬《いっしゅん》、ふるえをとめた。

「もしソ連がそのまま北海道に上陸してきていたら、おじいちゃんもおばあちゃんも殺《ころ》されて、父さん母さんはいなかった。そしたら、私《わたし》たちだって……」

教室は、真空パックにつめこまれたようにしーんとなった。みんな、ひっそりと息をしている。

「どうして、上陸してこなかったの？」

浩太《こうた》が、おそるおそる聞いた。

「アメリカとソ連のかけひきとかむずかしい問題があるらしいけど、とにかく二二日のお昼すぎに日ソ停戦《ていせん》協定が成立したの。泰東丸《たいとうまる》が沈《しず》んだ、わずか二時間後よ」

「……」

〈ということは……、ここを通った三つの船の人たちは、たった何時間かの差で死ななきゃならなかったの？　そんなことって……〉

浩太《こうた》は、とつぜん深い海の底にひきずりこまれていくような気がした。

帰り道、周平《しゅうへい》が聞いた。

「知ってた？」

「いや」

浩太《こうた》と悠人《ゆうと》が、首をふる。

周平《しゅうへい》は、今日の総合《そうごう》学習の話をしているのだ。

「おれたち、自分たちの町のこと何も知らなかったんだな」

周平《しゅうへい》が、つぶやく。

「うん……」

浩太《こうた》と悠人《ゆうと》が、うなずいた。

今日は、香莉《かおり》がほとんど一人でしゃべってた。枝里子《えりこ》先生が「ほかに何か調べてきた人は？」って聞いたけど、とても何かいいだせる雰囲気《ふんいき》じゃなかった。

浩太《こうた》は、敦也《あつや》を見た。

〈恐竜《きょうりゅう》のこと、いわなくていいの？〉

そう思ったけど、敦也《あつや》は何もいわなかった。

敦也《あつや》とは、この前のサッカー練習の時から一緒《いっしょ》に帰れていない。

〈このまま、友だちじゃなくなるのかな……？〉

浩太《こうた》は、敦也《あつや》との間になんだか見えない線がひかれてしまった気がした。

悠人《ゆうと》が、聞く。

「戦争ってさ……、太平洋戦争だっけ？　いつのこと？」

「ええとぉ……」

浩太《こうた》も周平《しゅうへい》も、はっきりとは答えられない。

「とにかく、おれたちが生まれるずーっと前だよな？」

「うん」

浩太《こうた》が、いう。

「だけど、終戦の年はわかるぞ」

「えっ？」

「浩太《こうた》って、そんなに頭良かったたっけ？」

二人が、浩太《こうた》をまじまじと見る。

「昭和二〇年、西暦《せいれき》でいうと一九四五年だ」

浩太《こうた》が、余裕《よゆう》で答えると、

「すげーっ」

二人は同時に叫《さけ》んだ。

「おまえら無礼だぞ、おれをだれだと思ってんだ」

ちょっとふんぞりかえって見せてから、浩太《こうた》は種あかしをした。

「うちのじいちゃん戦争が終わった次の年に生まれたから、じいちゃんの年から一つひけばいいんだ」

「なぁーんだ」

二人とも、拍子《ひょうし》ぬけした顔をする。

「でもよぉ、昭和二〇年って……。今は、令和だろ」

悠人《ゆうと》が、むずかしい顔をして数えはじめる。

「七四年前っ」

浩太《こうた》が、すばやく答える。

「お、おぉー」

二人が、また目をむく。

「だって、じいちゃん七三だも」

「あ、あぁ」

「はい、はい」

おどろいたりがっかりしたり、二人はいそがしい。

「でも、大志《たいし》も香莉《かおり》も『ひっぱられる』のことは何もいわなかったな」

周平《しゅうへい》が、いう。

「ああ」

「まてよっ」

悠人《ゆうと》が、ぴたっと立ちどまる。

「な、なんだ？」

浩太《こうた》も周平《しゅうへい》も、つられてとまる。

「お盆《ぼん》って、八月一五日？」

「ああ、一三日から一六日までの四日間だよ」

周平《しゅうへい》が、すかさず答える。

さすが、寺の子。

「船が沈《しず》んだのが二二日でお盆《ぼん》すぎたら海に入るな、ということは……？」

「と、いうことは……？」

本日二度目の大発見みたいに、悠人《ゆうと》が大声で叫《さけ》ぶ。

「海に沈《しず》んだ人に、ひっぱられるってことかぁ？」

「えーっ？」

浩太《こうた》と周平《しゅうへい》は、顔を見合わせた。

「ひどいよっ、そんなの」

浩太《こうた》が、ふんがいする。

「ああ、ひどい」

周平《しゅうへい》も、うなずく。

「だよ、なぁ……」

悠人《ゆうと》は、しゅーんとなった。

三人は、黙《だま》りこくって歩きだした。

「でも、流れついた死体は五六とかって、ドンコよくあんなことへっちゃらな顔でいえるよな」

「うん」

「さすが、ドンコ……」

「コーチ似《に》か?」

悠人《ゆうと》が、聞く。

辻井《つじい》コーチは、どんな場面でもほとんど表情《ひょうじょう》を変えず淡々《たんたん》としている。

「顔は母さんで、性格《せいかく》は父さん……」

なんていってるうちに、いつもの交差点が見えてきた。

浩太《こうた》が、つぶやく。

「おれ、今まで戦争なんてぜんぜん関係ないと思ってた……」

「ああ」

「そこにあったんだ、戦争……」

「うん」

「ソ連が、北海道の北半分を占領《せんりょう》しようとしてたなんて……」

三人は、しょぼくれたまま交差点で別れた。


翌朝《よくあさ》、悠人《ゆうと》が教室に駆《か》けこんできていった。

「じっちゃん知ってたぞ、船のこと。自分はまだ生まれてなかったけど母さん、つまり亡《な》くなったおれのひいばあちゃんがいってたって。でも、はっきりしたことはわからないから、『そいだば、滝下《たきした》のばばちゃんに聞いてみれ』って。たしかその時、子どもを連れて山に逃《に》げたはずだって」

「滝下《たきした》のばばちゃん？」

「うん、ひいばあちゃんの同級生。九七歳《さい》で、今も花岡《はなおか》に一人で住んでるって」

「九七ーぃ？」

「覚えて、いるかなぁ？」

「うーん、どうかなあ？」

悠人《ゆうと》が、自信なさげに首をかしげる。

「花岡《はなおか》の、どの辺？」

周平《しゅうへい》が、聞く。

花岡《はなおか》は小平《おびら》と鬼鹿《おにしか》の中間にあって、浩太《こうた》たちが住む小平本町《おびらほんちょう》からは比較的《ひかくてき》近い。

「バス停《てい》の、すぐ近くっていってたな」

「それならバスで二区間か、歩いても行けるな」

周平《しゅうへい》が、いう。

「おまえ、ほんとに地図強いよなあ」

悠人《ゆうと》が、感心する。

周平《しゅうへい》は、さらに続ける。

「国道のトンネル通っても行けるけど、車が多いからしべ川こえて海まわってった方がいい」

浩太《こうた》が、聞く。

「それって、『ゆったりかん』前の道ってこと？」

「ああ」

町で唯一《ゆいいつ》の温泉施設《しせつ》「ゆったりかん」には、海を見おろせるレストランがあって町外からもたくさんのお客が来る。

土曜日は練習試合があるから、三人は日曜日に滝下《たきした》のばばちゃんの家へ行ってみることにした。

滝下《たきした》のばばちゃん

朝一〇時、しべ川にかかる高砂橋《たかさごばし》のたもとでまちあわせる。

歩きはじめてすぐに、おびまる広場のカモノハシリュウのモニュメントが見えてきた。

ちょっととぼけた感じのカモノハシリュウは、じろじろと三人を見る。

〈そういえば、誘《さそ》わなかった……〉

カモノハシリュウに敦也《あつや》を思いだし、浩太《こうた》はちくりと胸《むね》が痛《いた》んだ。

おびまる広場を左に折れ、「ゆったりかん」前を通って海沿《ぞ》いの道に向かう。海沿《ぞ》いの道は、どこまでいっても海が続いていた。車は、ほとんど通らない。

光をためた水平線に、天売《てうり》、焼尻《やぎしり》の兄弟島が浮《う》かんでいる。その右に、利尻富士《りしりふじ》がすらりと美しい姿《すがた》を見せる。この辺では、利尻島《りしりとう》を利尻富士《りしりふじ》と呼《よ》んでいる。

まだ四月というのに、海はもう陽の光をはねかえし夏の準備《じゅんび》をはじめてる。晴れわたった空の下、まるで鼻歌でも歌っているようなごきげんな海を見ていると、ここでたくさんの人が亡《な》くなったなんてとても信じられない。

「じっちゃん、船のこと知ってたなら、ほんとは『ひっぱられる』も知ってたんじゃね？」

周平《しゅうへい》が、悠人《ゆうと》に聞く。

「うん、おれもそう思ったんだけど『んだかもしれねぇけど、わがんねぇ』って。じっちゃん、あんまし深く考えるタイプじゃねぇからなぁ」

店先でいつもお客さんに冗談《じょうだん》をいってガハハと笑っているじっちゃんは、たしかになんにも悩《なや》みがなさそうだ。

〈悠人《ゆうと》と、おんなじ……〉

浩太《こうた》は、くふっと笑った。


海沿《ぞ》いの道は、トンネルを迂回《うかい》してバスが通る国道へつながっている。国道が見えはじめると、周平《しゅうへい》は迷《まよ》わず右に折れて坂をのぼった。周平《しゅうへい》の頭にはもう、地図がしっかりコピーされている。浩太《こうた》と悠人《ゆうと》も、続いて坂をのぼった。のぼりきったところに、ぽつんと一軒家《いっけん》が建っていた。そこが、ばばちゃんの家だった。

「おう、来たかや」

薄緑色《うすみどりいろ》のかっぽう着をつけて家の前の畑で草取りをしていたばばちゃんは、三人を見るとすぐにいった。悠人《ゆうと》のじっちゃんが、電話をしておいてくれたのだ。

ばばちゃんの名前は、滝下《たきした》カネ。腰《こし》の曲がったちっこいばあちゃんだけど、しゃきーんとしてとても九七には見えない。この調子なら、一五〇歳《さい》くらいまで生きるんじゃないかと三人は思った。

「さ、あがれ」

ばばちゃんが、玄関《げんかん》の引き戸をあけた。

「これ、じっちゃんから」

悠人《ゆうと》が、リュックに入れていたレモンをわたす。

「おう、これハチミツに漬《つ》けて飲むの楽しみなんだわ。おらぁ、そのおかげで長生きしてらぁ。信《しん》さんに、いっつもありがとうっていっといてくれな」

ばばちゃんは、歯のぬけた口をあけてハハハッと笑った。悠人《ゆうと》のじっちゃんの名前は、杉崎信一《すぎざきしんいち》だ。

「おめえがキヌさんのひ孫かぁ？　おっぎくなったのう」

ばばちゃんは、悠人《ゆうと》を見て目を細めた。

茶の間にあがると、窓《まど》いっぱいに日本海が広がっていた。

「わあっ」

三人は、いっせいに窓《まど》に駆《か》けよる。

「すっげぇ」

「こういうの、なんていうんだっけ？」

「オーシャンビュー？」

「おお、それ、それ」

〈ばばちゃん、毎日この景色を一人で見てるのか……〉

浩太《こうた》は、ばばちゃんの元気な理由がわかった気がした。

「暑寒別岳《しょかんべつだけ》っ、きれいだぁ」

周平《しゅうへい》が、叫《さけ》ぶ。

「暑寒《しょかん》がきれいに見える次の日は天気がくずれるって昔はよくいったもんだが、どうだかなあ。今は天気も、すっかりくるっちまってるもなあ」

ばばちゃんは三人の横に並《なら》んで、伸《の》ばした腰《こし》をとんとんと叩《たた》いた。それからゆっくりと台所に行くと、ハチミツ漬《づ》けレモンのビンを持ってきた。

「お茶よりも、こっちの方がよかんべ？」

ばばちゃんは、日に焼けたしわだらけの手でビンにたまったシロップをすくってコップに入れた。そして、くんできたばかりの冷たい井戸水で薄《うす》めてくれた。

「水はちゃーんと、保健所《ほけんじょ》の検査《けんさ》通ってっから大丈夫《だいじょうぶ》だぁ」

ばばちゃんは、また歯のない口で笑った。

「いっただきまーっす」

歩きっぱなしで喉《のど》がからからだった三人は、ごくごくといっきに飲みほした。ほんのり甘《あま》くてすっぱいレモン水が、すーっと体の中にしみこんできた。

「普通《ふつう》のジュースより、ずっとうまいんだ」

浩太《こうた》が帰ってから母さんに話すと、それはレモネードっていうんだよと教えてくれた。

レモネードを、もう三杯《さんばい》もおかわりしている悠人《ゆうと》が聞いた。

「ばばちゃん、鬼鹿《おにしか》の沖で沈《しず》んだ船見たってほんと？」

にこにこしながら三人の飲みっぷりを見ていたばばちゃんは、頭の日本手ぬぐいをはずしていった。

「ああ。それ、聞きに来たんだべ？」

三人は、こくんとうなずいた。

「んだなぁ。つれぇ話だもの、あんましいいたくねぇどもなぁ……。聞きてぇなら、しかたねぇべ。おらが話さなかったら、もう話す人もいねぇべしなあ」

ばばちゃんは、ぽつりぽつりと話しはじめた。

「おらな、ここからもうちょっと鬼鹿《おにしか》よりの秀浦《ひでうら》っていうとこにいたんだわ」

話しながら、ほつれた髪《かみ》をゆっくりとなであげる。

「日本が戦争に負けてしまったからよぉ、村はロスケが上陸してくるんでねえかっていう話で持ちきりだったのさ。ロスケって、わかるか？　ソ連のことさ。昔はそういったんだ。ロスケが来たら、大変だもの。おらぁ、いつでも逃《に》げれるように支度《したく》だけはしておいたんだ」

浩太《こうた》は、ばばちゃんの話をノートに書きとめる。

「朝の、五時くらいだったべか。ドーンドーンって、でっかい音がして目が覚めたんだ」

「ふうん」

「天売《てうり》、焼尻《やぎしり》の島の方から聞こえたからなんだべと思って海の方見たけど、海霧《ガス》がかかってなーんも見えねぇのさ。だども、七時くらいになったら海霧《ガス》も晴れてきてなあ。今度は、岸に近づいてくるでっけぇ船が見えるもの」

ばばちゃんは、目の中に残っているその光景を見ようとでもするように時々目をつむる。

「したら、だれかが叫《さけ》んださ。『ロスケが来たぞーっ』って。こりゃあ、大変だと思ってね。うちのだんなは戦争にとられてるべ？　おら、生まれたばかりの息子おんぶって、三つになった娘《むすめ》の手ひいて夢中《むちゅう》で裏山《うらやま》さ逃《に》げたんだ」

ばばちゃんは、大きく手をふりまわして話す。

「ヤブこいでドングイの茂《しげ》みかきわけて、だいぶのぼったんだわ。ドングイの葉っぱのすき間から、海がよーぐ見えたどぉ」

「ドングイって、イタドリのことだよね？」

悠人《ゆうと》が、聞く。

「んだあ」

ばばちゃんは、答えて続ける。

「船は一回ぐーっと浜《はま》さ近づいてきたと思ったら、そのまんまゆっくりと留萌《るもい》の方さ進んでいくんだ。ずんぶ右に、傾《かたむ》いているように見えたどもなぁ」

〈これ……、ドンコがいってた二番目の船のことだ。たしか、第二新興丸《だいにしんこうまる》っていってた〉

浩太《こうた》は、思った。

「おらたち、わけがわからねぇのさ。ロスケが来るのを今か今かってまってらども、そのうち息子は泣くべし。持ってきたイモ食わしてなだめてたら、今度は海からドーンドーンって三つ聞こえたの。見たらパーッて白い水柱《みずばしら》が上がってねぇ、船が真っ二つに折れてぐっるぐる回ってあっという間に沈《しず》んでいったんだ。たまげたわぁ。戦争終わったばっかりだのに、また新しい戦争がはじまったんだべかと思ってねぇ。だんなが置いてった懐《かい》中時計《ちゅうどけい》見たら、一〇時ちょっと前だったなぁ……」

九七なのにばばちゃんの話はしっかりしていて、ぼけてるとこなんて一つもなかった。

「そのうち、近くにかくれてた人がどっかにたしかめに行って。したら、どうやら貨物船が沈《しず》んだらしいってわかってね。なんだかロスケが来るようでもねぇし、『そいだば』っていうんでおらたちようやく家に帰ったのさ」

ばばちゃんは、そこでこくっと喉《のど》を鳴らしてレモネードを一口飲んだ。それから、しわにうもれた細い目でじーっとこっちを見た。

「おめぇら、まだ聞くかぁ？」

三人は、「もちろん」というようにすぐにうなずいた。

「んだどもなぁ。こったら話、おめぇらに聞かせていいもんだべかなぁ……」

ばばちゃんは、迷《まよ》っているようだった。

「もしかしたら今晩《こんばん》、眠《ねむ》れんかもしれんど。おら、知らんど。それでも、聞くか？」

浩太《こうた》は、ぶるっと身ぶるいした。

〈どんだけ、恐《こわ》い話だろう……？〉

でも、周平《しゅうへい》がいやにきっぱりという。

「大丈夫《だいじょうぶ》！」

「えっ？」

寺の子だから、こういう話は慣《な》れているのか？

たしかに、ここまで来てこの先を聞かずには帰れない。浩太《こうた》も悠人《ゆうと》も、おっかなびっくりうなずいた。

「んだば」

ばばちゃんは、座《すわ》り直して話しだした。

「戦争が終わったばっかしで、物もなーんもねえべさ。村では、自分たちで塩作ってたんだわ。海に、塩いっぺぇあるべ？　海水くんでニシンの大釜《おおがま》で煮《に》て、それ干《ほ》して塩にしてたんだ」

「へえ」

「塩当番、ってのがあってなぁ。村のもん、みーんなで順番に仕事したのさ」

ばばちゃんは痛《いた》むのか、時々左のひざをさすりながら話す。

「塩当番の日は、浜《はま》さ行くべさ。したら、番屋といわず漁船といわずどこもこもびっしりとカラスがたかってるんだわ」

「えっ？　なんで？」

悠人《ゆうと》が、聞く。

しばらく黙《だま》っていたばばちゃんが、答えた。

「流れついた、仏《ほとけ》さんにたかるのさぁ……」

「……」

「ぎゃーっ、ぎゃーって、もんのすごい鳴き声あげて次々に飛びかかってくるんだ。波の音なんか、聞こえるもんでねぇ。追っぱらっても追っぱらっても、きくもんでねぇんだ……」

浩太《こうた》は、浜《はま》をうめつくすカラスの大群を想像《そうぞう》してごくんとつばを飲んだ。

「一か月くれぇの間だべか？　ずんぶ、流れついたんだどぉ」

浩太《こうた》のノートには、香莉《かおり》がいっていた五六という数字が書いてある。

「海の仏《ほとけ》さんはなぁ、そりゃぁかわいそうなもんでなぁ。水吸《す》ってぱんぱんにふくれあがってるべし、一週間もたったら髪《かみ》の毛だってぬけおちてるもなぁ……」

ひざをさするリズムに合わせて、ばばちゃんはしゃがれた声でいった。

「おめぇらみてぇな、ちっちゃぇ子も何人もいたどぉ。教科書つめこんだ、ランドセルしょってなぁ……。日本に帰るからって、おっかさんがいっちばんいいやつ着せてくれたんだべさ。きれぇな服着《べべ》てなぁ」

ノートをとる浩太《こうた》の手は、もうとまっていた。

「おらたち、仏《ほとけ》さんを筵《むしろ》にくるんでリヤカーで運んだんだわ。持ち物や名札があれば寺で供養《くよう》もできたども、身元がわがんねぇ仏《ほとけ》さんはなぁ……。しかたねぇから、裏山《うらやま》に穴掘《あなほ》ってうめたんだぁ……」

秀浦《ひでうら》の方に向かって、ばばちゃんは手を合わせた。

「お腹《なか》の、大っきい女の人もいてなあ。赤ちゃんがちょっと飛びだして、とっても見てられなかったぁ……」

この時浩太《こうた》は、ばばちゃんのところへ来たことを後悔《こうかい》しはじめていた。あんなにきっぱり「大丈夫《だいじょうぶ》」っていってた周平《しゅうへい》の顔も、青ざめている。

ばばちゃんはまだ「漁師《りょうし》の網《あみ》に、腕《うで》や足がかかった」とか「何年もたってから、骨の一部が流れついたんだ」とかいってたけど、浩太《こうた》の耳にはもう何も入らなかった。

レモネードのコップを洗《あら》い、三人はお礼をいってそそくさとばばちゃんの家を出た。相談したわけでもないのに、気がついたら海沿《ぞ》いの道じゃなく国道のトンネルを歩いていた。

三人の脇《わき》を、ものすごいスピードで車がびゅんびゅん通りすぎていく。

ばばちゃんのだんなさんは、それきりもどってこなかったそうだ。

「だれが、おらのだんなを殺《ころ》していいっていった？　勝手に殺《ころ》したのは、だれなんだ？」

トンネルの中に、最後に聞いたばばちゃんの声がひびきわたる。

「おらあ、夏の海がきらいだぁ……」

三人は追われるように、出口に向かって歩きつづけた。

謎《なぞ》のおじいさん

次の週の総合《そうごう》のあと、周平《しゅうへい》と悠人《ゆうと》が来ていった。

「おまえ、なんでばばちゃんのこといわなかったの？」

「だって……」

浩太《こうた》が口ごもると、

「だよなあ」

悠人《ゆうと》がうなずく。

「だな」

周平《しゅうへい》も、うなずいた。

今日は、敦也《あつや》の一人舞台《ひとりぶたい》だった。

「恐竜《きょうりゅう》の絶滅《ぜつめつ》は六六〇〇万年前で、地球に巨大隕石《きょだいいんせき》が衝突《しょうとつ》したのが原因《げんいん》っていわれてる。

小平町《おびらちょう》のクビナガリュウの化石発見は札幌《さっぽろ》の人、カモノハシリュウは旭川《あさひかわ》。ぼくが一番好きなのは、ディプロドクスの仲間で世界最大の草食恐竜《きょうりゅう》スーパーサウルス……」

　敦也《あつや》の恐竜《きょうりゅう》愛は、とまらない。


　浩太《こうた》は、家に帰ってからもなんとなく落ちつかずぶらりと外へ出た。行くあてもなく浜《はま》へ行き、堤防《ていぼう》に座《すわ》ってぼんやり沖を見る。

　水平線の右奥《みぎおく》に、天売《てうり》、焼尻《やぎしり》の島影《しまかげ》がかすんでる。

「ドーンドーンって、天売《てうり》、焼尻《やぎしり》の方からでっかい音がして……」

　浩太《こうた》は、ばばちゃんの話を受けとめきれずにいた。

〈なにも、あそこまでいわなくても……〉

　自分たちが聞かせてほしいと頼《たの》んだのも忘《わす》れて、なんだかちょっぴりうらめしい気持ちだった。

　ぽちゃん
　ぽちゃん

波打ちぎわで、波がねぼけた音を立てている。

風がとまっているのか、海はビロードの布を広げたみたいになめらかだ。

〈これが、べた凪《なぎ》っていうやつかあ〉

おだやかな波にちょっぴり気持ちをなだめられ、浩太《こうた》は浜《はま》を見わたした。

暑寒別岳《しょかんべつだけ》を背景《はいけい》に釣《つ》りざおが何本も並《なら》んでて、その後ろに釣《つ》り人《びと》がのんびりと寝《ね》そべっている。

〈あの人たち、どこから来るんだろう？　この海で起こったこと、知っているのかな？〉

その時、とつぜん波の上にぴょーんと何かが飛びだした。

〈えっ？　カレイ？〉

一瞬《いっしゅん》だったが、あの形はたしかにカレイだ。

〈まさか……。カレイって、ただ砂《すな》にもぐっているだけじゃないの？　あんなに高く、水の上に飛びあがる？　しかも、釣《つ》りざおのすぐ横なんて……〉

まるで釣《つ》り人《びと》をからかっているようなカレイの動きがおかしくて見ていると、釣《つ》りざおの向こうで波打ちぎわに座《すわ》りこんでいる人が目に入った。その人は海に向かって両手をあげ、それから頭を砂《すな》にこすりつける。

〈何やってるのかな？〉

じっと目をこらすと……、頭にはちまき、横に網《あみ》。

〈あっ〉

浩太《こうた》ははじかれたように堤防《ていぼう》から飛びおり、釣《つ》り人《びと》の後ろを駆《か》けぬけた。

〈今日こそ、絶対《ぜったい》に聞かなくちゃ〉

全速力で砂をこいで、おじいさんの後ろにたどりつく。

おじいさんは、まだ海に向かっておじぎをしていた。

〈まにあった……〉

ほっとしながら声をかけようとして、浩太《こうた》は思わずその場に立ちすくんだ。

うおーんっ

うおーんっ

おじいさんは、海に向かって泣いていた。

「許《ゆる》してくれろーっ。許《ゆる》してくれろーっ」

時々、そんな声が混《ま》じる。とても、人の声とは思えない。

浩太《こうた》の心臓《しんぞう》は、音を立てた。

〈大人なのに……、人前でこんな大声で泣いたりして恥《は》ずかしくないの？〉

浩太《こうた》の方が恥《は》ずかしくなってあたりを見まわすが、釣《つ》り人《びと》たちは知らん顔で寝《ね》そべっている。

〈聞こえないのかな？〉

浩太《こうた》は、わけがわからなかった。

そのうちおじいさんはむくりと起きあがり、くるりと海に背《せ》を向けこっちに向かって歩いてくる。

「あ、あの……」

浩太《こうた》は、近づいてきたおじいさんに声をかけようとした。

でも、

〈もし、泣いていたら？〉

と、思うとすんなり声が出てこない。

おじいさんは、じっと砂《すな》を見つめ浩太《こうた》の横を通りぬけていく。

〈家に、帰るんだろうか……？〉

浩太《こうた》は、遠慮《えんりょ》がちにあとを追った。

磯舟《いそぶね》の引きこみ口をのぼり民家の細いすき間をぬけ、おじいさんはゆっくりと歩いていく。そして、右に曲がってすっと見えなくなった。

〈あっ、まって〉

浩太《こうた》は、あわてて駆《か》けだした。民家のすき間を通りぬけ、大急ぎで右に曲がる。でも、そこにはもうおじいさんの姿《すがた》はなかった。代わりに、一軒《いっけん》の家が建っている。

〈きっと、ここへ入ったんだな……〉

浩太《こうた》は、うろうろと家の前を行ったり来たりした。

表札には、「丹野《たんの》」と書いてある。

〈たぶんそうだと思うけど、でも、もしちがったら？〉

玄関《げんかん》の戸をあける勇気が、なかなか出てこない。
浩太《こうた》はずいぶん迷《まよ》ったあげく、
〈ようし、悠人《ゆうと》と周平《しゅうへい》に相談してからにしよう……〉
そう決めると国道をわたって家に帰った。

翌日《よくじつ》学校で、悠人《ゆうと》と周平《しゅうへい》に話すと二人は声を合わせた。

「見つけた?」

「どこの家?」

「コンビニの、もうちょっと行ったところ」

浩太《こうた》が、答える。

「え? ドンコんちのそば? 辻井《つじい》石油の近くか?」

「ああ、まあ」

「なんちゅう家さ?」

「丹野《たんの》」

「知らねぇ」

二人とも、首をかしげた。

「で、本当にそのおじいさんだったの？」

「うん」

「絶対《ぜったい》に？」

この前のことがあるから、二人はなかなかうたぐりぶかい。

「絶対《ぜったい》っ」

浩太《こうた》が断言《だんげん》すると、

「じゃあ、行ってみりゃあいいじゃないか」

簡単《かんたん》だとばかりに、悠人《ゆうと》がいう。

「でも……」

「何さ？」

二人が、聞く。

「もし、ちがったら……」

「ちがったら、すいませんでいいじゃないか」

悠人《ゆうと》は、どこまでもあっけらかんとしている。

「そうだよ。たしかめなきゃ、わかんないし」

周平《しゅうへい》も、いう。

「今日サッカーないから、行ってみようぜ」

三人は、放課後おじいさんの家に行ってみることにした。


いったん家に帰って、交差点でまちあわせる。

おじいさんの家に向かって歩きながら、周平《しゅうへい》が聞く。

「だけど、なんで泣いてたんだろうな？　おじいさん」

「さあ？」

「許《ゆる》してくれろーって？　何、あやまってんの？」

悠人《ゆうと》も、聞く。

「うーん？」

「そういえばこの前、ドンコなんか変なことといってたよなあ」

思いだしたように、周平《しゅうへい》がいう。

「ん？」

「泰東丸《たいとうまる》が沈《しず》んだのが朝で捜索《そうさく》の船が出たのが夕方だ、とかなんとか」

「ああ」

浩太《こうた》も悠人《ゆうと》も、思いだした。

「あの女、いっつも小むずかしいことというよな。おれたちと、なーんかちがう」

悠人《ゆうと》が、口をとがらせる。

前回の総合《そうごう》は敦也《あつや》が一人でしゃべってたけど、最後の最後に香莉《かおり》がそういったのだ。

「『もっと早く助けに行けばよかったのに、なんでそんなに時間がかかったんだろう』って、ふしぎがってたよな。おじいさんが泣いてたのと、なんか関係あんのか？」

周平《しゅうへい》は、時々するどい指摘《してき》をすることがある。

そうこうしているうちに、いつのまにかコンビニを通りこしおじいさんの家の前に来ていた。

浩太《こうた》が、玄関《げんかん》を指さす。

「ここ……」

悠人《ゆうと》と周平《しゅうへい》が、表札をたしかめる。

「ほんとだ、丹野《たんの》って書いてある」

だれが先に行くかでちょっともめてから、

「やっぱり、おまえだろ」

といわれ、浩太《こうた》が玄関《げんかん》の戸をあけた。

「ごめんくださーいっ」

玄関《げんかん》は、広い土間になっていた。左横の部屋のガラス戸があけ放たれていて、大きな仏《ぶつ》壇《だん》がでーんとかまえているのが見える。

「はーいっ」

正面のガラス戸をあけて、白いエプロンをつけたおばさんが出てきた。

「あのう、小平《おびら》小学校五年生の川村浩太《かわむらこうた》っていいます。この前、海で会ったおじいさんに話を聞きたくて来ました」

浩太《こうた》が、緊張《きんちょう》しながらいう。

「おじいさん……？」

おばさんは首をかしげて、

「ちょっと、まってね」

といって、奥《おく》にひっこんだ。

しばらくすると、今度はおじさんが出てきた。おじいさんに似《に》てるけど、おじいさんじゃない。

「小平《おびら》小学校五年生の、川村浩太《かわむらこうた》です……」

浩太《こうた》は、またくりかえした。

「おじいさん？」

おじさんも、やっぱり首をかしげた。

「あのう、タオルのはちまきをして、網《あみ》をかついで……」

浩太《こうた》は、説明した。

周平《しゅうへい》と悠人《ゆうと》も、横からフォローする。

「おれらは見てないけど、浩太《こうた》が見た時一緒《いっしょ》にいました」

おじさんとおばさんは、顔を見合わせた。

「たしか、この家に入っていったと思ったんですけど……」

浩太《こうた》が、口ごもる。

「それ、いつのこと?」

おばさんが、聞いた。

「きのう、です」

「きのう……?」

おじさんが、むずかしい顔で腕組《うでぐ》みをした。

浩太《こうた》は、さらにつけくわえた。

「おじいさんにはじめて会ったのは四月の初めで、しべ川の河口《かこう》で漁をしてたみたいです。次は……」

話し終えても、おじさんとおばさんはまだ黙《だま》ってる。

〈もしかして、この家じゃないのかな……?〉

不安になってきた浩太《こうた》が隣《となり》の部屋に目を泳がせて、

「あーっ」

と、叫《さけ》んだ。

「あの人ーっ、一番右のあのおじいさんですっ」

浩太《こうた》は、ガラス戸のすき間から見える天井近くにかけられた写真を指さした。浩太《こうた》の指を追った悠人《ゆうと》と周平《しゅうへい》が、思わず後ろへ一歩ひいた。

まじまじと三人を見ていたおじいさんが、

「ま、あんたら、ちょっとあがんなさいや」

と、いった。

おばさんはそれを合図に、すっと奥《おく》にひっこんだ。

三人は、玄関《げんかん》横の仏間《ぶつま》に通された。

周平《しゅうへい》が、うやうやしく前に進みでておりんをチーンとやる。

浩太《こうた》も悠人《ゆうと》も、周平《しゅうへい》にならって線香《せんこう》に火をつけた。

「浩太《こうた》くん、だったかい?」

おじさんは、あらたまった感じで聞いた。

「もう少し、くわしく話してくれるかい？」

浩太《こうた》は、今まであったことをなるべく順番にていねいに説明した。きのう、おじいさんが浜《はま》で泣いていたことも話した。

おじさんは、腕組《うでぐ》みをしながらじっと聞いていた。

ごくっ

横で、悠人《ゆうと》のつばを飲むでっかい音がする。

周平《しゅうへい》も、みょうに体をかたくして息をつめている。

おじさんは丹野茂和《たんのしげかず》さん、奥《おく》さんは治子《はるこ》さんといった。

おじさんが、ようやく口を開いた。

「あの写真は、茂彦《しげひこ》じいさんだよ。私《わたし》の父親で、二年前に八三で亡《な》くなったんだ」

〈ふうん〉

浩太《こうた》は、写真の茂彦《しげひこ》さんがおじいさん本人だとは思っていなかった。浜《はま》で会ったおじいさんは、茂彦《しげひこ》さんによく似《に》た弟さんか親戚《しんせき》のだれかだと思っていたのだ。

「ひっぱられるかぁ……。私《わたし》もよくいわれたなぁ」

茂和《しげかず》さんが、なつかしそうにいう。

〈え……？　何、いってんの……？〉

なんだか、様子がおかしい。

浩太《こうた》は悠人《ゆうと》と周平《しゅうへい》をちらりと見るが、二人とも目をふせてこっちを見ない。

「じいさんが、一一の時だったっていうなあ。一一ったら、小学校四年か五年か？　あ、あんたらと同じくらいだな。じいさん、子どもだったけど物かげから見てたっていうな」

〈え？　何を？〉

浩太《こうた》には、茂和《しげかず》さんのいっていることがさっぱりわからなかった。

茂和《しげかず》さんは、三人にたずねた。

「あんたら、ここで樺太《からふと》からの引《ひ》き揚《あ》げ船《せん》がソ連の潜水艦《せんすいかん》にやられたの知ってるかい？」

「はい、知ってます」

三人は、声をそろえた。

「ほう、感心だな」

茂和《しげかず》さんは、にっこり笑った。

「遺体《いたい》が筵《むしろ》にくるまれてリヤカーで運ばれて行くのを、じいさん見ていたそうだ。その頃《ころ》、秀浦《ひでうら》に住んでたからな」

〈秀浦《ひでうら》……？　滝下《たきした》のばばちゃんと同じだ。でも、そうじゃなく……〉

茂和《しげかず》さんは、続けた。

「漁師《りょうし》をしていた自分のじいちゃんに、泣いて頼《たの》んだそうだよ。早く、助けに行ってくれって」

〈……？〉

「だけど、その時地元には三隻《せき》しか船がなくて。そのうちの一隻《せき》はエンジンがこわれていた。留萌《るもい》の方からソ連の飛行機みたいのは飛んでくるし、潜水艦《せんすいかん》はすぐそこにいるし。たった二隻《せき》で出て行くのは危険《きけん》だって、みんなにとめられたそうだな……」

浩太《こうた》は、「ロスケが来たーっ」っていわれて裏山《うらやま》に逃《に》げた滝下《たきした》のばばちゃんを思いだす。

「新しいエンジンがようやく届《とど》いて、三隻《せき》そろって沖に出たのが夕方の五時頃《ごろ》だ」

〈あ、ドンコがいってたのはこれか？　でも、おれは「ひっぱられる」について聞きたいんだけど……〉

「その時にはもう海にはだれもいなくて、女の人の遺体《いたい》を一つひろいあげただけだったそうだ。潮《しお》の流れかなあ、遺体《いたい》はみんな北へ北へと流されていったそうだ。自分たちが住んでいた、樺太《からふと》へでも帰ろうとしたのかなあ……」

茂和《しげかず》さんが言葉を切った時、湯気の立ったふかふかの蒸《む》しパンとあたたかい牛乳《ぎゅうにゅう》を持って治子《はるこ》さんが入ってきた。

「さあ、おあがんなさい」

茂和《しげかず》さんはいうと、仏壇《ぶつだん》に立っておりんをチーンと鳴らした。

三人は、こんな時に蒸《む》しパンを食べるのはなんだか気がひけた。でも、治子《はるこ》さんに何度もすすめられ、遠慮《えんりょ》がちに手を伸《の》ばした。

仏壇《ぶつだん》からもどった茂和《しげかず》さんは、治子《はるこ》さんに浩太《こうた》の話を聞かせてる。

「そうなの、茂彦《しげひこ》じいさんが……」

治子《はるこ》さんは、うなずいて何度も写真を見あげる。

浩太《こうた》は、思いきって聞いてみた。

「あのう……、おじいさんに弟さんかいとこはいないんですか？」

茂和《しげかず》さんは、浩太《こうた》を見て気《き》の毒《どく》そうにいった。

「じいさんは末っ子でねぇ……。もうみんな、あちらで眠《ねむ》っているよ」

〈えっ？〉

蒸《む》しパンを食べる、浩太《こうた》の手がとまった。

〈どういうこと？　だって、おじいさんはちゃんと生きてたよ。おれに、話しかけたんだから……〉

とまどう浩太《こうた》に、治子《はるこ》さんがやさしく話しかけた。

「びっくりしたでしょ。でも、こういう話はあるからねぇ……」

治子《はるこ》さんが、「これは、母さんに聞いた話なんだけど」といって話しはじめた。

「うちも漁師《りょうし》だったから、戦争が終わったのに攻撃《こうげき》されて沈《しず》められた船のことが忘《わす》れられなくてねぇ。三年後の八月二二日に、お寺で水仏《みずほとけ》を作ってもらって……。あ、水仏《みずほとけ》ってわかる？」

「はい。薄《うす》い木の板ですね」

周平《しゅうへい》が、答える。

「そうそう、よく知ってるねぇ」

「こいつ、寺の息子なんです」

蒸《む》しパンで周平《しゅうへい》をさしながら、悠人《ゆうと》がいう。

「えっ、あの光泉寺《こうせんじ》の？　あのご住職《じゅうしょく》の息子さんかい？」

「はい」

「まあ、それは」

「どうりで、お参りする姿《すがた》が板についてるはずだ」

茂和《しげかず》さんと治子《はるこ》さんが、顔を見合わせ笑った。

治子《はるこ》さんが、続ける。

「で、その水仏《みずぼとけ》をね、昔は今みたいに禁止《きんし》されてなかったから花と一緒《いっしょ》に丸い藁《わら》にのせて海に流してやったの。みんなで海に向かって手を合わせて、家に帰ってお茶飲んでたらガラガラって玄関《げんかん》の開くおっきな音がしたんだって。だれだろうと思って玄関《げんかん》を見ても、だれもいない。戸は、ちゃんと閉《し》まってる。ドンドンって人が入ってくる足音までしたのにおかしいねぇって話していたら、母さんのばあちゃんがいったって。『こりゃあ仏《ほとけ》さんが、お礼をいいに来たな』って。昔は、よくこんな話あったよねぇ」

治子《はるこ》さんは、茂和《しげかず》さんを見た。茂和《しげかず》さんが、ゆっくりとうなずいた。

「家族全員がその音聞いてるんだよねぇ、ふしぎだねぇ」

「はぁ……」

三人は、あいまいな返事をした。

微妙《びみょう》な表情《ひょうじょう》の三人に、治子《はるこ》さんが話しかける。

「信じられないよねぇ」

茂和《しげかず》さんが、思いだしたようにいう。

「あれ、あの第二新興丸《だいにしんこうまる》の話だってなあ」

「そうそう」

治子《はるこ》さんが、あいづちを打つ。

「第二新興丸《だいにしんこうまる》は、知ってるかい？」

茂和《しげかず》さんが、三人に聞く。

「鬼鹿《おにしか》の浜《はま》に、一回ぐっとよってきた船でしょ？」

悠人《ゆうと》が、すぐに答えた。いつもは人の話をほとんど聞いていないのに、香莉《かおり》の話と滝下《たきした》のばばちゃんの話はちゃんと覚えていたらしい。

「ほう、ほんとによく勉強してるなあ」

茂和《しげかず》さんが、目を細める。運動以外はめったにほめられたことのない悠人《ゆうと》は、もう笑いがとまらない。

「第二新興丸《だいにしんこうまる》は、船室の一つを撃《う》ちぬかれていて。その穴《あな》から、波が来るたびに怪我人《けがにん》や死人がぱーっ、ぱーって吐《は》きだされていくんだと。助かった人たちは、甲板《かんぱん》で泣きながらその光景を見ていた。甲板《かんぱん》で見てた人の中に、赤ちゃんを抱《だ》いてぼーっと立っている奥《おく》さんがいたんだって。近くの知り合いが、『あんた、その赤《あか》ん坊《ぼう》どうした？』って聞いたって。その奥《おく》さんに、子どもはいなかったからね。そしたら奥《おく》さん、『今、あの穴《あな》のあいた船室から女の人がすーっと出てきて、この子をあずけてまたもどっていった』っていうん

だと」

〈えっ？〉

〈どういうこと？〉

「沈《しず》みかけた船室からどうやって出てきて、どうやって帰っていったもんだか……」

考えこむ茂和《しげかず》さんの横で、治子《はるこ》さんがしみじみいった。

「私《わたし》ら普段《ふだん》目に見えるものしか信じないけど、神様でも見てて手をかしてくれたのかねえ……。そのお母さん、自分の命はしかたないと思ってもその子だけはどうしても死なすわけにはいかなかったんだわ。どんなにか、自分の手で育てたかったろうにねぇ」

治子《はるこ》さんは、腰《こし》の白いエプロンで顔をおおった。

茂和《しげかず》さんが、続ける。

「知り合いが『その赤《あか》ん坊《ぼう》、どうするつもりだ？』って聞いたら、奥《おく》さんは『縁《えん》あっておあずかりした子だから、私《わたし》が大事に育てます』っていったそうだ」

悠人《ゆうと》が、持っていた二個目《にこめ》の蒸《む》しパンをそーっと皿にもどした。

仏間《ぶつま》に、急に海から風が吹《ふ》きこんできたような気がした。

浩太《こうた》は茂和《しげかず》さんと治子《はるこ》さんがおれたちをからかっているんじゃないかと思ったが、二人にそんな様子は見られなかった。

「遺族《いぞく》が訴《うった》えて、国は三〇年もたってから何回か泰東丸《たいとうまる》をさがしに来たけど沈没《ちんぼつ》場所さえ見つけられなかった。国がすごすごひきあげていくのを見て、それなら自分たちでさがそうって地元が立ちあがって。じいさん、その時ダイバーとして参加したもな。あれ、五〇近かったんでないか？」

「四九歳《さい》」

治子《はるこ》さんが、答える。

「水深六〇メートルったら、二〇分も潜《もぐ》ったら潜水病《せんすいびょう》になるきつい作業だ。だけどじいさん、最後まで潜《もぐ》るのやめなかったな。全国樺太連盟《ぜんこくからふとれんめい》と協力しながらとうとう泰東丸《たいとうまる》を見つけて。そしたら急にマスコミが騒《さわ》ぎだして。国も黙《だま》っていられなくてもう一回来たけど、たったの五日だもの。遺骨《いこつ》は、結局一つも見つけられなかった……」

ほおっ

三人の口から、小さなため息がもれた。

「泰東丸《たいとうまる》は半分以上砂《すな》にうまっていたから、政府《せいふ》の大がかりな船がないと遺骨《いこつ》は見つけられないんだ。あきらめるしかなかった。でもじいさん、もし今も浜《はま》を歩いているんだとしたら……」

茂和《しげかず》さんが、浩太《こうた》を見た。

「きっと、あきらめきれなかったんだなぁ……」

そして、下を向いた。

「あの時すぐに救助《きゅうじょ》の船を出していたら、もっとたくさんの人が助かったかもしれない。おそらく、そう思っていたんだ。口に出せば、みんなを責《せ》めることになる。だから、いえなかった。せめて、『ひっぱられる』っていう言葉で伝えようとしてたのかもしれないなぁ」

「だって、出て行きたくても行けなかったんだよ」

悠人《ゆうと》が、さえぎるようにいった。

「ソ連の潜水艦《せんすいかん》がそこにいたんだし、飛行機も飛んできたんだ。小平《おびら》の人たちは、国とは絶対《ぜったい》ちがうよ！」

茂和《しげかず》さんは、やさしい目で悠人《ゆうと》を見た。

「ありがとうな。でも、増毛《ましけ》ではすぐに船を出したし村上《むらかみ》さんっていうえらい人もいたからなあ。村上さんは自分のお金をはたいて遺骨《いこつ》をさがし、何人もの遺族《いぞく》にかえしてやったそうだな」

「かと思ったら、筏《いかだ》に乗ってた男もいたしね……」

治子《はるこ》さんが、意味ありげにいう。

ん？ていう顔をする三人に、茂和《しげかず》さんが説明した。

「泰東丸《たいとうまる》が沈《しず》んだ時、一人で筏《いかだ》に乗っていた男がいたんだよ。その男は、筏《いかだ》に必死にすがりつこうとする人たちの手を棒《ぼう》で殴《なぐ》りつけて、つかまらせないようにしてたっていう話だな。鬼《おに》のような、形相だったそうだよ」

「ひっでぇ、やつっ」

悠人《ゆうと》が、ふんがいする。

「でもねえ、戦争っていうのはそういうものなんだ。ひとたび戦争が起きたら私《わたし》もそうなるかもしれないし、君たちだってなるかもしれない。人が人でいられなくなる、それが戦争なんだよ……」

茂和《しげかず》さんが、眉根《まゆね》をよせた。

「え？」

三人はおどろいて、茂和《しげかず》さんを見た。

「とにかく浩太《こうた》くん、じいさんに会ってくれてありがとう」

茂和《しげかず》さんは、座《すわ》り直して浩太《こうた》に向き直った。

「……」

浩太《こうた》は、返事ができなかった。

「よかった。ほんとうに、よかった」

茂和《しげかず》さんは、自分にいいきかすように何度もいった。それから仏壇《ぶつだん》を見て、さみしそうにつぶやいた。

「じいさん、私《わたし》にはあらわれてくれないもなぁ……」

三人は、蒸《む》しパンと牛乳《ぎゅうにゅう》のお礼をいって丹野《たんの》さんの家を出た。

ほんの一時間くらいのことなのに、ずいぶん長い間そこにいたような気がした。

重い足どりでとぼとぼと歩いてコンビニにさしかかった時、浩太《こうた》はとつぜんくびすをかえした。

〈行かなくちゃ、海に……〉

周平《しゅうへい》と悠人《ゆうと》を置いて、だっと駆《か》けだす。

丹野《たんの》さんの家の脇道《わきみち》をぬけ磯舟《いそぶね》の引きこみ口を下り、浩太《こうた》はひきよせられるように海に走った。


夕方の砂浜《すなはま》はすっかり人影《ひとかげ》が消え、あたり一面淡《あわ》い紫《むらさき》の闇《やみ》でおおわれていた。

浩太《こうた》は、おじいさんがひざまずいていた波打ちぎわにたどりついて座《すわ》った。

沖から、ひっそりとした風と一緒《いっしょ》に波がひたひたと打ちよせる。

胸《むね》の底から、わけのわからない感情《かんじょう》がこみあげてくる。

〈おじいさん、なぜおれなの……？　どうしてあの時、あらわれたの？〉

気がつくと浩太《こうた》は、海に向かって叫《さけ》んでた。

わーあっ

わーっ

うおーっ

おーっ

両側から、二つの声が混《ま》じる。

いつのまにか、悠人《ゆうと》と周平《しゅうへい》が浩太《こうた》をはさんで立っていた。

紫色《むらさきいろ》の闇《やみ》の中で海に伸《の》びていく声は、三人のもののようであり沖からひびいてくる声のようでもあった。

敦也《あつや》と恐竜《きょうりゅう》

今日の総合《そうごう》も、敦也《あつや》が熱く語ってる。

「北海道がすごいって、一番知らないのが北海道民なんだ。この前、香莉《かおり》さんが群馬と福井が恐竜《きょうりゅう》王国っていってたけど、ぼくはこれからは北海道が世界の恐竜《きょうりゅう》王国になると思う」

〈世界?〉

敦也《あつや》の話は、スケールがちがう。

「群馬と福井は陸の地層《ちそう》からしか恐竜《きょうりゅう》が出ないけど、北海道は昔ほとんどが海の底だったから海の地層《ちそう》から恐竜《きょうりゅう》が出るんだ。こういう場所は、世界じゅうさがしてもめったにない。当然、アンモナイトもたくさん発掘《はっくつ》される。アンモナイトは時代によって形や種類がちがうから、もし同じ地層《ちそう》に恐竜《きょうりゅう》の化石があればそれがいつの時代のものかすぐにわかるんだ。だから北海道は、今、世界的にものすごく注目されているんだよ」

女子の目は、あいかわらず敦也《あつや》に吸《す》いよせられている。

「アイヌ語から名づけられたむかわ竜《りゅう》のカムイサウルス・ジャポニクスは『日本の竜《りゅう》の神』っていう意味だけど、最初に見つけたのは学者でも大学の研究チームでもなく穂別《ほべつ》の元郵便局員《ゆうびんきょくいん》堀田良幸《ほりたよしゆき》さんだ。ぼくは、本物の恐竜《きょうりゅう》の骨《ほね》も見たことがあるけど……」

「骨《ほね》」と聞いたとたんに、礼奈《れいな》が首をすくめる。

「何万年も前の骨《ほね》なのに、なぜかあたたかいと思った。なんか、まだ生きてるって思ったんだ……」

ん？

女子はふんふん聞いているけど、浩太《こうた》は敦也《あつや》のいう意味がわからない。

死んでるのに、生きてる……？　どういうこと？

いつも冷静でたしかなことしかいわないのに、恐竜《きょうりゅう》のことになるとどうやら敦也《あつや》は敦也《あつや》でなくなるらしい。浩太《こうた》は、敦也《あつや》がだんだん手の届《とど》かないところへ行ってしまう気がした。

「堀田《ほりた》さんは、こんなことをいっている。『アンモナイトはさがそうと思えばさがせるけど、恐竜《きょうりゅう》の化石はそういかない』って。ぼくは、もしかしたら恐竜《きょうりゅう》は見つけてもらう人を自分で選ぶんじゃないかって思うんだ」

「おうっ」

教室に、どよめきが起こる。

「きゃっ」

女子なんか、軽い悲鳴まであげてる。

枝里子《えりこ》先生も興奮《こうふん》ぎみに、

「すごいわ、敦也《あつや》くん」

なんていってる。

敦也《あつや》が、きっぱりという。

「ということは、ぼくたちが恐竜《きょうりゅう》に選ばれる可能性《かのうせい》だって絶対《ぜったい》あるってことだ」

教室に、大拍手《だいはくしゅ》が起こる。

礼奈《れいな》の恐《こわ》がりも、拍手《はくしゅ》の渦《うず》に巻《ま》かれていく。

五年生のテーマはこれで決まりだと、浩太《こうた》は思った。

「はいっ」

その時、大志《たいし》が手をあげた。

このタイミングでいったい何をいうのかと思ったら、大志《たいし》はこういいだした。

「ぼくは、泰東丸《たいとうまる》が沈《しず》んだ時になぜすぐ救助《きゅうじょ》の船を出さなかったのかということについて調べました」

へっ?

敦也《あつや》の演説《えんぜつ》にすっかりいい気分になっていた女子たちが、いっせいに大志《たいし》にしらけた目を向ける。礼奈《れいな》の恐《こわ》がりもそうとうだが、大志《たいし》が空気を読まないのもかなりだ。でも、女子の無言の攻撃《こうげき》なんか大志《たいし》には通じない。

「泰東丸《たいとうまる》が沈《しず》んだのが朝の九時五五分で、地元の漁船三隻《せき》が救助《きゅうじょ》に向かったのが午後五時。七時間もたってます」

大志《たいし》が、香莉《かおり》をちらちら見ながらいう。これは、もともと香莉《かおり》が持ちだした疑問《ぎもん》だからだ。さすがの大志《たいし》も、香莉《かおり》だけは気になるらしい。

「その間、いったい何をしてたんだろう? それは、父さんもわからないっていってました」

浩太《こうた》、周平《しゅうへい》、悠人《ゆうと》は、顔を見合わせた。茂和《しげかず》さんの話を聞いている二人は、すでにその理由を知っている。

香莉《かおり》は、なぜか黙《だま》ってる。疑問《ぎもん》をそのままにしておく香莉《かおり》じゃない、当然調べていないはずがない。

「ぼくは、ひどいと思いました。目の前の海に投げだされたたくさんの人がいるのに、助けに行かないなんて。よく、そんなことができたって……」

大志《たいし》がいった時、教室にするどい声が起こった。

「だって、ソ連の潜水艦《せんすいかん》がそこにいたんだぞっ」

みんなが、いっせいに声の方を見る。

悠人《ゆうと》だ。

「出ていったら、自分もやられるんだ。そんな時、おまえなら出ていけるのか?」

悠人《ゆうと》が、大志《たいし》をにらみつける。大志《たいし》は、びっくりして悠人《ゆうと》を見た。

「留萌《るもい》の方から、ソ連の飛行機らしいのだって飛んできたんだ……。なのに、出ていけるかよ」

悠人《ゆうと》はもう、泣きそうになっている。

浩太《こうた》は、あわててみんなに説明した。滝下《たきした》のばばちゃんが山に逃《に》げてずっとかくれていたこと、丹野《たんの》さんの家に行ったこと……。

でも、茂彦《しげひこ》おじいさんのことはいえなかった。

「自分が死ぬかもしれないのに、助けに行けたのかっておれも思う」

浩太《こうた》がいうと、

「おれも」

周平《しゅうへい》が怒《おこ》ったようにいった。

恐竜《きょうりゅう》でわきあがっていた教室に、いっきに気まずい空気が流れる。

枝里子《えりこ》先生がゆっくりと机《つくえ》の間を進んで、「恐竜《きょうりゅう》の骨《ほね》」の時からずっと首をすくめたままの礼奈《れいな》の肩《かた》に手を置いた。香莉《かおり》は、まだ何もいわない。

敦也《あつや》を見ると、背中《せなか》がこわばっている。

〈恐竜《きょうりゅう》に、話をもどそうよ〉

そう、いいたいにちがいない。

教室を、息苦しさが支配《しはい》する。

〈何か、いわなきゃ……〉

浩太《こうた》はあせったが、何も思いつかない。

枝里子《えりこ》先生が、黒板にきれいな字で「ひっぱられる」（泰東丸《たいとうまる》）、「恐竜《きょうりゅう》」（しべ川）と書いた。

「どうやら、テーマはこの二つにしぼられてきたようね。ほかに、調べてみたいことはある？」

枝里子《えりこ》先生が聞いても、だれの手もあがらない。

「じゃあ、このどちらかにしましょうか」

浩太《こうた》は、ごくんとつばを飲みこんだ。

〈これから、敦也《あつや》とのほんとの戦いがはじまる……〉

「では」

枝里子《えりこ》先生が多数決をとろうとした時、すっと香莉《かおり》の手があがった。

「結局、同じよね」

えっ？

何が？

みんな、首をかしげる。

「どっちも、昔、小平《おびら》で起きたことよね……。私《わたし》たちは自分が生きてる今しかわかんないけど、今はただの今じゃなくて昔につながった今なのね」

ん……？　わかったような、わからないような？

悠人《ゆうと》が大げさに両手を広げて、「さっぱりわからん」のポーズをする。

香莉《かおり》は、続けた。

「敦也《あつや》のいうとおり、自分たちが住んでいるこの地球を恐竜《きょうりゅう》が歩いてたって思うと、なんか大きな時の流れがぐーんと迫《せま》ってくる気がする」

〈敦也《あつや》？　よ、呼《よ》びすて……〉

女子の目が、とたんにけわしくなる。

「でもね、私《わたし》はやっぱり、もしソ連が留萌《るもい》から上陸してきていたらおじいちゃんおばあちゃんは殺《ころ》されて、そしたら父さん母さんはいなくて、私《わたし》たちも生まれてなかったってこと、すごくショックだったんだ。恐竜《きょうりゅう》はたぶん自然現象《しぜんげんしょう》で滅《ほろ》んだけど、この海を通った人たちは同じ人間に殺《ころ》された……。しかも、たった何時間かのちがいでだよ」

香莉《かおり》が、肩《かた》をいからせる。

「丹野《たんの》さんはうちの近所だけど、おじいちゃんがダイバーだったなんてぜんぜん知らなかった。知らないって、すごくいやだなって思った。浩太《こうた》たち、よく調べたと思うよ」

香莉《かおり》は、結んだ髪《かみ》をひゅんとゆらしてすとんと座《すわ》った。

へっ？

もしかして、ドンコにほめられた……？　意外すぎて、うれしくない。しかも、呼《よ》びすて……。

枝里子《えりこ》先生が、にこにこしながら問いかける。

「さあ、どうしましょう？」

枝里子《えりこ》先生は、おれたちが悩《なや》みはじめるとなんだかいつもうれしそうだ。

浩太《こうた》は、思った。

〈多数決になったら、女子を味方にしている敦也《あつや》の意見が通るだろう。だったら、結果はもう恐竜《きょうりゅう》に決まってる……〉

「その様子では、すぐに決められそうもないわね。じゃあ、この次までに考えてくることにしましょうか?」

枝里子《えりこ》先生が黒板を消しはじめた時、敦也《あつや》が手をあげた。

敦也《あつや》は立ちあがり、ゆっくりと教室を見まわす。

「みんなもう知ってるかもしれないけど、恐竜《きょうりゅう》は今でも生きているんだよ」

「えっ?」

「何?」

「どういうこと?」

「恐竜《きょうりゅう》」と「ひっぱられる」の間を行ったり来たりしていた教室が、いっきに恐竜《きょうりゅう》の世界へひきもどされる。

敦也《あつや》は、落ちついて答えた。

「鳥だよ。鳥は、じつは恐竜《きょうりゅう》なんだ」

「なにぃ?」

「鳥類は、ティラノサウルスなどが属《ぞく》する獣脚類《じゅうきゃくるい》が進化したものなんだ。だから、鳥は恐竜《きょうりゅう》そのものといっていいんだよ」

「ひえぇ」

「おれたち、恐竜《きょうりゅう》食ってんの?」

みんなは、大騒《おおさわ》ぎだ。

敦也《あつや》は、静かに続けた。

「恐竜《きょうりゅう》って、調べれば調べるほどおもしろい。人類は誕生《たんじょう》してからまだ五〇〇万年だけど、恐竜《きょうりゅう》の歴史《れきし》は一億六四〇〇万年も続いた。どうしてそんなに長い間生きつづけることができたのかとか、どうやってあの何トンもの重い体を維持《いじ》できたかなんて、解明《かいめい》すれば人類にとってすごく重要な情報《じょうほう》が得《え》られるんだ」

「へえぇ」

みんな、感心して聞いている。

「だから、恐竜《きょうりゅう》の研究は人類の未来につながる大事な研究なんだよ」

浩太《こうた》は、いたたまれなくなってきた。

〈敦也《あつや》、もういいよそんなにがんばらなくても。おれたちは、恐竜《きょうりゅう》でいいから……〉

そう思って悠人《ゆうと》と周平《しゅうへい》を見ると、

〈ああ〉

〈いいぞ〉

二人の目もそういっていた。

敦也《あつや》は、まだ続けた。

「ぼくは、できればみんなと一緒《いっしょ》に恐竜《きょうりゅう》について調べたい」

浩太《こうた》は、それ以上見ていられなくて目をつむった。

「でも……」

敦也《あつや》の声の調子が、変わった。

「香莉《かおり》さんがいうように、ぼくも『知らない』っていやだなって思う。ぼくらが毎日見ているこの海でたくさんの人が亡《な》くなったなんて、知らなかった……」

敦也《あつや》は、ちょっと黙《だま》った。それから顔をあげて、はっきりいった。

「だから、五年生で取り組むテーマは『ひっぱられる』だよ」

〈えっ？〉

聞きまちがいか、と思った。

〈そんなこと、いっていいの……？〉

浩太《こうた》は、敦也《あつや》をじっと見た。

悠人《ゆうと》と周平《しゅうへい》も、敦也《あつや》の背中《せなか》を見つめてる。

教室のどこかで、小さな拍手《はくしゅ》が起こった。

拍手《はくしゅ》は静かな波のように、教室じゅうに広がった。

放課後、四人は並《なら》んで堤防《ていぼう》に腰《こし》かけていた。

「ごめん」なんて、だれもいわなかった。

いわなくても、四人は元のままの四人だった。

浩太《こうた》は、茂彦《しげひこ》おじいさんのことを敦也《あつや》に話して聞かせた。

〈信じて、くれるだろうか……？〉

どきどきしながら話し終えると、

「すごいなあ」

敦也《あつや》がいった。

「ぼくも、一緒《いっしょ》にいたかった……」

悠人《ゆうと》と周平《しゅうへい》が、両側から敦也《あつや》の肩《かた》を抱《だ》く。

「蒸《む》しパン、食べたかったな……」

敦也《あつや》が、つぶやく。

「えっ？」

「そっち？」

悠人《ゆうと》と周平《しゅうへい》が、あきれて手をほどく。

軽やかな波の音を連れて、沖からやわらかい風が吹《ふ》いてくる。

「浩太《こうた》は、おじいさんに選ばれたんだな……」

敦也《あつや》が、ぽつんという。

「えっ？」

浩太《こうた》にかまわず、敦也《あつや》は勝手に気合いを入れる。

「よおしっ、ぼくもあきらめないぞ。何年かかっても、絶対恐竜《ぜったいきょうりゅう》に選ばれてやるんだっ」

それからみんなを見まわし、

「だって、『小平《おびら》小学校五年生、新発見』より『小平町《おびらちょう》の岩永敦也《いわながあつや》くん、新発見』の方がずっといいよね?」

いたずらっぽく笑った。

「なんだよこいつ、そっちかよ」

悠人《ゆうと》と周平《しゅうへい》が、両側からこづく。

「大発見してぼくが有名になったら、みんなで会いに来てよ」

敦也《あつや》は、胸《むね》をそり返す。

「何、いってんだ」

「おれたちも、混《ま》ぜろよ」

「そうだよ」

みんな、口々にいう。

「よーしっ、四人で恐竜《きょうりゅう》見つけて新聞にのるぞー！」

悠人《ゆうと》が、海にこぶしをつきだす。

「やめてよ、ぼく一人でのるんだから」

「なんだよ、一緒《いっしょ》にのせろよっ」

「いやだっ」

「のせろっ」

「だめっ」

ハハハハッ
ハハッ

四人の笑い声が、風を押《お》しかえして海へと流れていった。

辻井《つじい》コーチの特別授業《じゅぎょう》

七月の半ば、辻井《つじい》コーチの特別授業《じゅぎょう》が行われた。

「壁《かべ》新聞ができたら、保護者《ほごしゃ》の方に見てもらいましょうね」

という枝里子《えりこ》先生に、

「じゃあ一度、コーチの話を聞いておこうよ」

と、おれたちが頼《たの》んだんだ。

二階の視聴覚《しちょうかく》教室には、なぜか六年生も来てる。列の中には、もちろん宗太《そうた》兄ちゃんも。

どうやら角《かく》バンこと角田《かくた》先生が、せっかくだから一緒《いっしょ》にと枝里子《えりこ》先生に頼《たの》みこんだらしい。

おまけに、酒田《さかでん》もいる。酒の田村《たむら》、みんなは略《りゃく》して酒田《さかでん》と呼《よ》ぶ。酒田《さかでん》、つまり大志《たいし》の父さんは慣《な》れた手つきでパソコンを操作《そうさ》している。角《かく》バンはマイクをセットしたり準備室《じゅんびしつ》か

らコードをひっぱったり、ちょこまかといそがしい。

辻井《つじい》コーチはいつものトレーニングウェアじゃなく、スーツにネクタイだ。変な感じ。後ろ向きにかぶってる野球帽《やきゅうぼう》のバンドの跡《あと》が、真っ黒に日焼けしたおでこにくっきり白い線を残してる。酒田《さかでん》は店では見かけないしゃれたシャツ、角《かく》バンはいつでもどこでも赤ジャージだ。

「まさか、泰東丸《たいとうまる》で呼《よ》ばれるとは思っていなかったからうれしいよ。みんなは、前から興《きょう》味《み》があったの？」

コーチが、話しだす。

「ちがうよ。枝里子《えりこ》先生が四年生で調べた小平町《おびらちょう》のことを一つのテーマにしぼって調べましょうっていって、浩太《こうた》が『なんで、海に行ったらひっぱられるっていうの？』っていって、それから香莉《かおり》が『死体が流れついた』って……」

まとまらなくなった悠人《ゆうと》の話を、コーチがひきうける。

「えらいなあ。ぼくは、君たちにくらべたらずっと遅《おく》れていたな。ぼくがこの事件《じけん》を知ったのは、じつは大人になってからなんだ」

〈へっ？〉

物知りのコーチが、こんなことをいうなんて意外だった。

「花田の番屋前の碑《ひ》は、知っていたよ。でもそんな事件《じけん》があったっていうだけでそれ以上のことは知らなかった。これじゃいけないと思って、何年か前から田村くんと一緒《いっしょ》に調べはじめたんだ。途中《とちゅう》から、角田《かくた》先生にも加わってもらったけどね」

辻井《つじい》コーチの口から「田村くん」という言葉が出た時、大志《たいし》は得意満面《とくいまんめん》でみんなを見まわした。

「今日の主役は、酒田《さかでん》じゃないのに……」

周平《しゅうへい》が、小声でささやく。

黒板に設置《せっち》されたスクリーンに、北海道と樺太《からふと》の地図が大きく映《うつ》しだされる。

「樺太《からふと》はねえ、それはきれいなところだったらしいね。深い森がどこまでも続いて、質《しつ》の良い石炭がたくさん採《と》れた。森は豊《ゆた》かな海を生み、ニシンやサケの漁場がふんだんに広がった。スズランやクロユリ、リュウキンカ、チシマフウロなど、あらゆる野の花が咲《さ》いて島じゅう花園のようだったっていうな」

「ふうん」

コーチは胸《むね》ポケットからレーザーポインターを取りだして、樺太《からふと》の真ん中をなぞった。

「北緯《ほくい》五〇度線、みんなはまだ習っていないかな？　昔、日ソ中立条約《じょうやく》っていう国際法《こくさいほう》があって、この線から北はソ連、南は日本と決められていたんだ。だからソ連は、この線をこえて勝手に侵入《しんにゅう》してくることはできなかった。南樺太《みなみからふと》には、当時四〇万もの日本人が暮《く》らしていたんだよ」

「へえ」

レーザーポインターが北緯《ほくい》五〇度線をはなれ、南樺太《みなみからふと》を大きな丸でかこんだ。

「太平洋戦争が終わったのは、いつかわかる？」

コーチが、ふりむいて聞く。

「一九四五年、八月一五日っ」

大志《たいし》が、すかさず答える。父さんになんとかいいとこ見せようと必死な大志《たいし》に、皮肉の天才も案外子どもだと浩太《こうた》は思った。

「ソ連は、正確《せいかく》にいうともう存在《そんざい》しない国だから旧《きゅう》ソ連だけどね、日本の敗戦がはっきりしていた八月九日にこの国境線《こっきょうせん》をこえていきなり攻《せ》めこんできたんだ」

「えっ?」

「なんで?」

「国際法《こくさいほう》が、あったのに?」

みんなが、いう。

コーチは、うなずきながら続けた。

「そこで暮《く》らしていた人たちは、荷物をまとめるひまもなく弾《たま》がびゅんびゅん飛びかう中を夢中《むちゅう》で逃《に》げた。男たちは戦うために残ったから、女の人と子どもと老人で食べものもなく夜寝《ね》ることもできずに何日も歩きつづけたんだ」

礼奈《れいな》が、ここでもうふるえだす。

「国境《こっきょう》近くの村から日本への船が出る大泊《おおどまり》まで、四〇〇キロ以上。北海道でいうと、稚《わっか》内《ない》から室蘭《むろらん》くらいだな」

レーザーポインターの光が、稚内《わっかない》から室蘭《むろらん》までをゆっくりとたどる。浩太《こうた》は、気の遠くなるような距離《きょり》だと思った。

「中には、病気の人やお腹《なか》の大きい人もいるしょ？　だから、途中《とちゅう》で出産してしまうお母さんもいたんだ。でも、お母さんは生まれたばかりの赤ちゃんをそこに置いて逃《に》げるしかなかった」

「えっ、なんで？」

女子たちが、顔をしかめる。

「赤ちゃんは、泣くしょ。泣いたらソ連兵に見つかって、みんな殺《ころ》されてしまう。だから、連れてはいけなかったんだ……。お母さんの着物にくるまれた赤ちゃんが、道端《みちばた》に何人も捨《す》てられていたっていうな」

視聴覚《しちょうかく》教室から、音が消えた。

悠人《ゆうと》が、おそるおそる聞く。

「その赤ちゃん……、どうなったの？」

「だんだん弱って、泣き声も小さくなって……。そこで、亡《な》くなっていったんだ」

礼奈《れいな》が、とうとう頭を抱《かか》えて机《つくえ》につっぷした。

おれたちは、特別授業《じゅぎょう》が決まった時何度も話しあった。もしかしたら、つらい話も聞かなければならないからだ。枝里子《えりこ》先生は礼奈《れいな》の気持ちをていねいに聞いたし、礼奈《れいな》のお母さんにも授業《じゅぎょう》の内容《ないよう》を伝えて相談した。でも、礼奈《れいな》は最後には自分で「参加する」といったんだ。なのに……。

横につきそっていた保健《ほけん》の先生が、抱《だ》きかかえるようにして礼奈《れいな》を外に連れだす。

みんなは、ため息まじりに礼奈《れいな》の背中《せなか》を見送った。

「ソ連は、ひきょうですっ」

大志《たいし》が、いう。

「そうだね」

「許《ゆる》せないっ」

「うん」

コーチは、いちいちうなずいた。

「でもね、戦争ってそういうものなんだよ。日本もその前の日露《にちろ》戦争、ソ連から見れば露《ろ》日《にち》戦争っていうことになるけどね、宣戦布告《せんせんふこく》をせずにいきなり攻撃《こうげき》をはじめてる。樺太《からふと》は、ソ連からうばいとった土地なんだ」

「えっ？」

大志《たいし》は、黙《だま》った。

「それだけじゃない。領土拡大《りょうどかくだい》や資源確保《しげんかくほ》のために、中国や朝鮮《ちょうせん》、東南アジアにまで攻《せ》めこんでる」

みんな、顔を見合わせひそひそいいあう。

「知ってた？」

「いや……」

「日本、そんなことをしたの？」

コーチは、みんなを見まわしながらいった。

「君たちはこれから大きくなって、日本が起こした戦争について学んでいくと思うけど、もし学校の先生が教えてくれなかったら自分でちゃんと調べるんだよ」

コーチにはめずらしく、強い口調だった。

浩太《こうた》は、何かを知るとまた一つ知らないことがふえると思った。

コーチが、泰東丸《たいとうまる》の説明に入る。

「クジラのような真っ黒い潜水艦《せんすいかん》が後ろに浮上《ふじょう》したのが九時四〇分、ハッチが開いてばらばらっとソ連兵が飛びだした」

ドーン

ドーン

鼻先に、水柱《みずばしら》が上がる。

〈これが、滝下《たきした》のばばちゃんがドングイの葉っぱのすき間から見た水柱《みずばしら》か……〉

泰東丸《たいとうまる》はエンジンを停止《ていし》して、食堂《しょくどう》のテーブルクロスやシーツを白旗がわりに必死にふった。抵抗《ていこう》する意思がないことを、しめすためだ。潜水艦《せんすいかん》は、進路をふさぐようにゆっくりと泰東丸《たいとうまる》の前に回りこんだ。そして、砲《ほう》が火を吹《ふ》いた。

船倉は食糧難《しょくりょうなん》の日本へ持ちかえる米でいっぱいだったから、ほとんどの人は甲板《かんぱん》にいた。甲板《かんぱん》は、血の海だったそうだ。もがれた人の手や胴体《どうたい》が転がり、目の前でお母さんや子どもを亡《な》くした人たちが泣《な》き叫《さけ》ぶ。ソ連兵はその人たちに向かって、銃掃射《じゅうそうしゃ》を浴びせた。笑っているように、見えたそうだ。

犠牲者《ぎせいしゃ》は六七〇人で、遺族《いぞく》の元にかえされた遺骨《いこつ》が四〇ほど。七時間以上漂流《ひょうりゅう》して偶然通りかかった軍艦《ぐんかん》にすくいあげられた人たちもいるけど、おそらく残り五〇〇人以上は今も泰東丸《たいとうまる》と一緒《いっしょ》に鬼鹿《おにしか》の海に沈《しず》んでいるんだ。

コーチは、苦しそうな表情《ひょうじょう》を浮《う》かべた。

ドン　ドン　ドン　ドンッ

機関室から、音がする。

前の晩ふった雨でびしょぬれになってしまった体を服ごと乾《かわ》かそうと、機関室にいて閉《と》じこめられてしまった子どもたちだ。

「助けてーっ」

「だれか、あけてーっ」

泣《な》き叫《さけ》んでドアを叩《たた》く子どもたちを、助けに行きたくても身動きがとれない。

「沈《しず》むぞーっ！　早く逃《に》げろーっ」

傾《かたむ》いた甲板《かんぱん》から、ほうきで掃《は》かれたようにばらばらと人がこぼれおちていく。

「一緒《いっしょ》に、死ねるね」

そういって子どもたちと手をつなぎ、海に落ちたお母さんがいた。おびただしい数の浮《ふ》遊物《ゆうぶつ》をかきわけて海面に顔を出したら、子どもが次々に浮《う》かんできた。みんなで、近くにあった板にすがりつく。でも、子どもには力がない。波が来るたびに一人、また一人と海にのまれていく。目の前で波にさらわれていく子どもたちを見ながら、お母さんはどうすることもできなかった。


はぁ……


あちこちから、ため息がもれる。

浩太《こうた》は視聴覚《しちょうかく》教室の窓《まど》から、くもり空を映《うつ》して遠くに薄《うす》く光る海を見た。

海の上を行く三つの船の姿《すがた》が、そこに見える気がした。

授業《じゅぎょう》が終わりに近づいた頃《ころ》、大志《たいし》が質問《しつもん》した。

「小平《おびら》の人たちは、なぜすぐ助けに行かなかったんですか？」

「増毛《ましけ》の方では、すぐに救助《きゅうじょ》の船を出したんでしょ？」

悠人《ゆうと》も、聞いた。

コーチは、少しおどろいた顔をした。

「君たち、そこまで調べているのか……」

言葉を選びながら、コーチが話しはじめた。

「増毛《ましけ》と小平《おびら》のちがいは、こうなんだ……」

増毛町別苅《ましけちょうべつかり》の浜《はま》には、海霧《ガス》のかかった海から五〇人ほどが乗ったボートがあらわれた。

小笠原丸《おがさわらまる》から、投げだされた人たちだ。浜《はま》の人たちはずぶぬれの異様《いよう》な格好《かっこう》に、最初外国人が流れついたのかと思って気味悪がった。寒さでがたがたと歯の根の合わない口で、漂流《ひょうりゅう》者《しゃ》たちは口々に訴《うった》えた。

「沖にまだ何人も漂流《ひょうりゅう》している、助けに行ってやってくれ」

尻込《しりご》みする漁民に、漂流者《ひょうりゅうしゃ》がつけくわえる。

「潜水艦《せんすいかん》は、もうはなれてどこかへ行ってしまった」

浜《はま》から、すぐに二隻《せき》の漁船が出た。続いて、小手繰り船《こてぐぶね》と呼《よ》ばれる小型船《こがたせん》四五隻《せき》も銃弾《じゅうだん》よけの畳《たたみ》を舳先《へさき》に立てておっかなびっくり海へ出た。

「増毛《ましけ》に流れついたこの救命《きゅうめい》ボートが、小平町《おびらちょう》には着かなかったんだよ。だから小平《おびら》の人たちは、沖で何が起こったかを知ることはできなかった……」

コーチは、ため息をついた。

「だけど、すぐに船を出そうとした人はいたんだよ。でも、いろんな事情《じじょう》がかさなって夕方になってしまったんだ」

敦也《あつや》が、こっちを見てうなずいた。敦也《あつや》は、浩太《こうた》が聞かせた茂和《しげかず》さんの話をちゃんと覚えているんだ。

「増毛《ましけ》に、村上《むらかみ》さんっていう人がいたって聞きました」

浩太《こうた》が、いう。

「ああ、村上高徳《むらかみたかのり》さんね。それも、丹野《たんの》さんに聞いたの？」

「はい」

「やるなあ」

コーチが笑うと、六年生の列から宗太《そうた》兄ちゃんがじとっとこっちを見た。

「村上さんは、前の日まで稚内港《わっかないこう》で兵隊として働いていたんだ。入港してきた小笠原丸《おがさわらまる》がそのまま小樽《おたる》へ向かうと聞いて、村上さんは自分たちの昼食用に配られたお米を炊《た》いて届《とど》けた。ところが、翌日増毛《よくじつましけ》にもどってみると小笠原丸《おがさわらまる》は沈《しず》んでいたんだ」

〈え……〉

「村上さんは、もともと増毛《ましけ》で雑貨屋《ざっかや》をしていてね、このあと、店にろうそくを買いに来る人が急にふえたんだって。その人たちは浜《はま》でろうそくを灯して一日じゅう遺品《いひん》をさがすんだけど、何も見つけられなくてね。日が暮《く》れる頃《ころ》、代わりに浜《はま》の小石を一つハンカチに包んでしょんぼり帰っていくのをかわいそうに思ってね。自分の貯金《ちょきん》をはたいて二年がかりで遺骨《いこつ》をひきあげ、六〇〇人以上の遺族《いぞく》にかえしてあげたんだよ。スタンドプレーだとか船の部品をお金に換《か》えるんだとか、陰口《かげぐち》をいう人もいた。町にかけあっても戦後の混乱《こんらん》期《き》だ、何もしてくれない……」

おだやかだったコーチの口調が、はげしくなる。

「国だって、ひどいよ。いまだにこの事件《じけん》についてロシアに抗議《こうぎ》もしていないし、調査依頼《ちょうさいらい》さえしていない。七月二六日のポツダム宣言《せんげん》を受けいれていれば、原爆《げんばく》も落とされずソ連参戦もなかった。ここを通る三つの船だって、攻撃《こうげき》されずにすんだかもしれないのに。ほんの一にぎりの上層部《じょうそうぶ》の思惑《おもわく》で一七〇八人もが犠牲《ぎせい》になったのに、だれも責任《せきにん》を取らないどころかいまだに海の底に放っておかれ見殺《みごろ》しにされたままだ」

浩太《こうた》は、こんなにぺらぺらとしゃべるコーチを見るのははじめてだった。

「政府《せいふ》や軍隊は、いざとなったら国民を守らない。一度戦争が起こってしまえば、真っ先に犠牲《ぎせい》になるのは私《わたし》たち一般《いっぱん》市民なんだっ」

コーチのおでこに残った、野球帽《やきゅうぼう》のバンドの跡《あと》が赤くなってる。

酒田《さかでん》が、パソコンの前でじっと聞いている。

角《かく》バンも、息をひそめてコーチを見ていた。

だれも、口を開かなかった。

海の底みたいな沈黙《ちんもく》の中に、浩太《こうた》もただ黙《だま》っているしかなかった。

特別授業《じゅぎょう》が終わった夜、空にたった一つのかけるところもない大きな月がのぼった。
浩太《こうた》の中で、コーチの話はまだ続いていた。
「戦争って、そういうものなんだ……」
茂和《しげかず》さんも、そういっていた。
人が、人でいられなくなる……。
〈戦争って……、恐《こわ》いな〉
と、浩太《こうた》は思った。
押《お》し入《い》れから貝の箱を取りだして、浩太《こうた》は昼間のように明るい庭に出た。
テラスに箱を並《なら》べ、貝を月の光にあてた。
黒いの、茶色いの、大きいの、赤ちゃんみたいなの……。頬《ほお》がしびれるほど冷たかった
春の日、何も知らずにひろってた。
三つの船合わせて、一七〇八人……。
名前も知られず、まだたくさんの人が海の底に沈《しず》んでる。
箱から、ユニコーンの角《つの》を取りだす。あたたかい月の光が、ユニコーンの角《つの》をなでる。

浩太《こうた》の手の中で、貝はまるで自らが放つようにぼうっと明るく光った。

〈もしかしてこれ……、南の方から来た人かな?〉

浩太《こうた》には、貝の一つ一つが海に沈《しず》んだ人たちの代わりに何かを伝えに来たように思えてならなかった。


助けて。

ここに、いる……。


〈人って、体はなくなっても心はなくならないのかなあ……〉

浩太《こうた》は、月の光が海の底にも届《とど》けばいいと思った。

そして、海の底を明るく照らしてほしい。

その夜、浩太《こうた》は月の光の中でいつまでも貝たちを見ていた。

礼奈《れいな》の父さん

トゥルル　ルル

浩太《こうた》が庭にいた頃《ころ》、校長先生の家で電話が鳴っていた。

「はい、早坂《はやさか》です」

校長先生が、受話器を取る。

「新木《あらき》ですが……」

電話は、礼奈《れいな》の父さんからだった。

要するに、娘《むすめ》を恐《こわ》がらせる授業《じゅぎょう》をするなんて何事だという抗議《こうぎ》の電話だった。

「職員《しょくいん》にどんな教育をしているんだって、いってやったんだ」

キャベツ農家の礼奈《れいな》の父さんは、悠人《ゆうと》のじっちゃんの店で息まいた。

「そんなこと、いったってよぉ……」

学校帰り、堤防《ていぼう》に腰《こし》かけて悠人《ゆうと》が口をとがらせる。

「礼奈《れいな》なんか、ハエが飛んできたって大騒《おおさわ》ぎするやつだぞ。いつだったか、教室にトンボが入ってきたときなんかすごかったべ。トンボの方が、よっぽど恐《こわ》かったっての」

「あいつの家、農家だろ。ハエだってトンボだっているのに、どうやって暮《く》らしてんだろ?」

周平《しゅうへい》が、聞く。

「さあ?」

四人は、首をかしげた。

「礼奈《れいな》につきあってたら、おれたちなんもできないな」

周平《しゅうへい》がため息まじりにいう。

「うん……」

今日は雲にかくれる暑寒別岳《しょかんべつだけ》を見ながら、浩太《こうた》が心配そうにつぶやく。

「枝里子《えりこ》先生……、大丈夫《だいじょうぶ》かなあ? 校長先生に呼《よ》ばれて、怒《おこ》られたりしないよな?」

「えっ?」

四人は、いっきにしゅーんとなってしまった。

しゃーあ

ささーん

海鳴りが、知らぬげに四人の間を通りぬけていく。

「だって、おれたちがいいだしたんだぞ。『ひっぱられる』ってなんだ?って」

悠人《ゆうと》が、いう。

「うん」

みんな、そろってうなずいた。

正確《せいかく》にいうと、最初にいいだしたのは浩太《こうた》だ。でも、悠人《ゆうと》の中ではいつのまにか「おれたち」になっていて、そのことをだれもふしぎに思わなかった。

「おれたち、知りたいと思っちゃいけないってこと?」

「ちがうよ」

みんな、いっせいに首をふる。

「じゃあ、なんでだ？」

「うーん……？」

だれも、返事ができない。

しゃーん
ささぁー

敦也《あつや》が、いう。

「辻井《つじい》コーチに、相談してみる……？」

「ん？」

「そうだなぁ……」

「そうするか？」

「うん、そうしよう！」

四人は、辻井《つじい》石油に向かって歩きだした。


「礼奈《れいな》の父さん、ひどいよ！」

悠人《ゆうと》が、事務所《じむしょ》で口をとがらせる。

「枝里子《えりこ》先生は、礼奈《れいな》とちゃんと話したんだよ。礼奈《れいな》の母さんにも、相談したし」

周平《しゅうへい》も、頬《ほお》をふくらませる。

二人とも、コーチに敬語《けいご》を使うのをすっかり忘《わす》れてた。

「礼奈《れいな》は、自分で参加するっていったんだ」

浩太《こうた》がいった時、コップをのせたトレーを持ってドンコが入ってきた。

みんな、いっせいに黙《だま》った。ここが、ドンコの家であるのを忘《わす》れてた。

学校ではいつもパンツ姿《すがた》のドンコが、スカートをはいている。

〈スカート……？〉

四人は、気まずくなって下を向く。

「さあ、飲みなさい。香莉《かおり》がいつも作ってくれる増毛《ましけ》のリンゴジュースだ、おいしいよ」

コーチが、いう。

増毛町《ましけちょう》は、フルーツの産地だ。リンゴ、梨、さくらんぼ、ぶどう、暑寒別岳《しょかんべつだけ》のふもとにはたくさんの果樹園《かじゅえん》が広がっている。

四人は、トレーの上のジュースを見た。

ドンコが作った、リンゴジュース……。

もじもじしている四人を残し、ドンコは結んだ髪《かみ》をびゅいんといわせてさっさと事務所《じむしょ》を出ていった。

「うんめっ」

ちゃっかり先に口をつけた、悠人《ゆうと》が叫《さけ》んだ。

「ほんとだぁ、ほんものの味がするっ」

周平《しゅうへい》も、おどろく。寺の子は、ほんものの味がわかるのか？

飲んでみると、浩太《こうた》の口の中にもまあるい甘《あま》みがふわっと広がった。増毛《ましけ》のフルーツは、甘《あま》さに角《かど》がなくてとてもやさしい味がする。

コーチは、にこにこしながらいった。

「枝里子《えりこ》先生は、大丈夫《だいじょうぶ》だよ。やさしそうな人ほど、芯《しん》が強いっていうだろ？　それに角田《かくた》さんの話では、校長は先生たちに自由に活動させて責任《せきにん》は自分が取るというタイプらしいよ」

「へぇえ」

「校長先生、かっけぇな」

四人は、ちょっと安心した。

「でも、礼奈《れいな》の父さんこのままおとなしくなるかなあ？」

浩太《こうた》は、まだ心配だった。

「新木《あらき》さん、きっとかわいくてたまらないんだな。礼奈《れいな》ちゃんのこと」

コーチが、いう。

「一人っ子だし、歳《とし》とって生まれたからね」

「だからって、自分の子どもだけ考えてそれでいいの？」

悠人《ゆうと》が、ふんがいする。

「そうだよ。礼奈《れいな》も礼奈《れいな》だ、五年にもなって」

周平《しゅうへい》も、不満をぶつけた。

コーチは、とりなすようにいった。

「礼奈《れいな》ちゃん、がんばってるんじゃないか？　一度は、自分から参加するっていったんでしょ。ずいぶん、悩《なや》んだと思うよ」

「自分で決めたんなら、最後までちゃんとやればいいじゃないかっ」

四人は、いっせいに抗議《こうぎ》した。

「まあ、まあ」

コーチが、なだめる。

「人ってね、そんなに簡単《かんたん》にいくものじゃないさ。決心してても、体がどうしてもいうことをきかないことってあるよ。それに最初から簡単《かんたん》にできちゃう人より、できなくてできなくて苦労しながら覚えた人の方が、最後にはずっと良くなるってことあるからなあ」

「だってぇ……」

四人は、まだぜんぜん納得《なっとく》できない。

「悠人《ゆうと》だって、そうだろ？」

コーチが、とつぜん話を変えた。

「えっ？」

「ドリブルもリフティングも上手で最初からレギュラーだったけど、試合しながらものすごく考えてるだろ。家で、そうとう練習してるんじゃないか？」

「えーっ？　そうなの？」

「最初から、できると思ってた！」

浩太《こうた》と周平《しゅうへい》が、同時に叫《さけ》ぶ。

「生まれつきの才能《さいのう》、ってのもあるけどね。それだけじゃ、あのボールさばきはできないよ」

「まじー？」

「お前、ぜんぜんそんなこといってなかったじゃないか」

浩太《こうた》と周平《しゅうへい》が、両側から悠人《ゆうと》をこづく。

「聞かれてないし……、サッカー好きだし……」

悠人《ゆうと》は、恥《は》ずかしそうにちぢこまった。

コーチはそのあと次々に、四人の良いところやクセ、これからどうしたらいいかなどを話しはじめた。四人は、いつのまにか背筋《せすじ》をぴんと伸《の》ばして敬語《けいご》を使っていた。礼奈《れいな》の父さんの話は、いつのまにかサッカーの反省会に変わっていた。

「ほら、ここな……」

DVDを持ちだしてきたコーチの話は、なかなか終わらない。

その時、出かけていた奥《おく》さんが帰ってきた。

「ただいま」

残りのリンゴジュースも飲めずにかしこまっていた四人は、ほっとして肩《かた》の力をぬいた。

「まあ、私《わたし》たちも今、そのことを話してきたとこよ」

奥《おく》さんは、四人を見ていった。

礼奈《れいな》の父さんのことはお母さんたちにも伝わっていて、何人かが集まって今まで話していたそうだ。

「どうだった？」

コーチが、聞いた。

「それがね、びっくりしたんだけど、そもそもこの事件《じけん》を知らない人が多かったのよ」

〈えっ？　大人もそうなのか……？〉

浩太《こうた》は、おどろいた。

「だろうな、ちゃんと伝えられてこなかったからなあ。戦争の話は暗いし悲惨《ひさん》だし、結論《けつろん》はたった一つ、『戦争をしてはいけません』。そんな決まりきった話、だれも聞きたくないよなぁ」

コーチが、いった。

「でもね、たった一人だけいたの。私《わたし》、おばあちゃんに聞いたことがありますっていう人が」

奥《おく》さんは、意味ありげにみんなを見まわした。

「えっ？」

「だれ？」

四人は、思わず身を乗りだす。

「その人、『おばあちゃんが一一歳《さい》の時っていうから、ちょうど浩太《こうた》と同じ五年生だったんですねえ』って」

奥《おく》さんは、にっこり笑った。

「んっ？　ってことは……？」

みんなが、いっせいに浩太《こうた》を見る。

「あの子が『どうして、ひっぱられるっていうの？』って聞いた時、ちゃんと話してやればよかったたってお母さん後悔《こうかい》していたわ」

奥《おく》さんは、なぐさめるようにいった。

〈知ってたのか……〉

浩太《こうた》は、なんだかうらぎられた気分だった。


家に帰ると、顔を見るなり母さんがいいわけをはじめた。

「ごめんね。でも、おばあちゃんがそういってたってだけで母さんもくわしいことは知らなかったのよ。それに、まさか浩太《こうた》たちがそんなに真剣《しんけん》に調べてるなんて思わなかったの」

〈なんだ、それ……〉

大人って、いっつもそうだ。子どもには「ちゃんと話を聞きなさい」とかいうくせに、自分たちは子どもの話をぜんぜん聞いてない。おかしいだろ、そんなの。

浩太《こうた》がむくれていると、母さんはさらにあせって話しはじめた。

「おばあちゃんね、その頃留萌《ころるもい》の瀬越浜《せごしはま》に住んでてね。ほら、黄金岬《おうごんみさき》の向こうに浜《はま》があるでしょ。戦争で物のない時代に、お母さんが自分の絽《ろ》の着物をほどいてワンピースを作ってくれたんだって」

〈……〉

「絽《ろ》って、夏に着る薄《うす》くて涼《すず》しい着物のことよ」

母さんは、浩太《こうた》をのぞきこみながら続ける。

「ピンクで、腰《こし》に大きなリボンまでついてたって。戦争は終わったしきれいな服は着てるし。おばあちゃんうれしくなって、スキップしながら浜《はま》へ駆《か》けてったそうよ。でも、浜《はま》に

着いたおばあちゃんは飛びあがってしまったの」

〈なんで？〉

「瀬越浜《せごしはま》から黄金岬《おうごんみさき》の方までずらーっと、何列にもなって死体が並《なら》べられていたんですって」

「え？」

浩太《こうた》は、思わず母さんを見た。

「おばあちゃん、びっくりぎょうてんしてどこをどう走ったかもわからずもどってきたけど、その時の光景は今も頭に焼きついてはなれないっていってたわ」

〈母さんのおばあちゃん……、ってことはおれのひいおばあちゃん？　茂彦《しげひこ》おじいさんと、おんなじ光景見てたのか……〉

浩太《こうた》は、自分のすぐ身近な人がそれを見ていたことにおどろいた。

「たぶん、それは第二新興丸《だいにしんこうまる》の人たちだな」

ちょうど帰宅《きたく》して、郵便局《ゆうびんきょく》の制服《せいふく》を脱《ぬ》いでいた父さんがわりこんできた。

〈父さんも、知ってた……〉

「留萌《るもい》では船が着岸した南岸壁《みなみがんぺき》だけでは並《なら》べきれずに、向かいのコタン浜《はま》にも遺体《いたい》を並《なら》べたっていうから、おそらく瀬越浜《せごしはま》にも並《なら》べられたんだろうな」

父さんは、留萌《るもい》の郵便局《ゆうびんきょく》に勤《つと》めていた時にその話を聞いたらしい。

「留萌《るもい》の人たちは、船からおりた三〇〇〇人もの生存者《せいぞんしゃ》を何人かずつ自分の家にひきとってお世話したんだよ。物のない時代に、お正月のためにとっておいた白い米を炊《た》いて食べさせたそうだ。こういう話は、子どもにはなかなかいいづらくてな」

父さんも、やっぱりいいわけをした。でも浩太《こうた》は、まったく別のことを考えていた。

〈穴《あな》のあいた船室から赤ちゃんを抱《だ》いて出てきた女の人……、あの人はその中にいたんだろうか……?〉

ひいおばあちゃんが見たという、浜《はま》の光景がちらつく。

あの人は、最後まで赤ちゃんをはなさなかった……。

必死で逃《に》げて、ようやく船に乗って。北海道が見えた時、どんなにほっとしただろう。

「あと少しで帰れる」、そう思ったにちがいない。

なのに……。

浩太《こうた》は、父さんと母さんの話に生返事をして部屋にひきあげた。

〈結局、何もできなかったのは小平《おびら》だけか……〉

「許《ゆる》してくれろーっ」

砂浜《すなはま》で、大声で泣いていた茂彦《しげひこ》おじいさんを思いだす。

浩太《こうた》は押《お》し入《い》れから貝の箱を取りだして、綿《わた》の中に並《なら》んだ貝をじっと見た。


夏休み。

礼奈《れいな》の父さんは、なぜかそれ以上騒《さわ》ぐことはなかった。でも礼奈《れいな》は、礼奈《れいな》の父さんが校長先生に電話した翌日《よくじつ》から学校には姿《すがた》を見せなかった。


午前中、サッカー練習を終えた四人は堤防《ていぼう》に腰《こし》かけていた。

「もうすぐ、二三日だなあ……」

海を見ながら、周平《しゅうへい》がいう。

「ああ」

「なんか、できないかなあ……？」

浩太《こうた》が、つぶやく。

「なんかって？」

「海に沈《しず》んだ人たちに、ってこと？」

悠人《ゆうと》と周平《しゅうへい》が、聞く。

「うん……」

「始業式は二四日、二二日はまだ夏休みかあ……」

周平《しゅうへい》が、いう。

「泰東丸《たいとうまる》が沈《しず》んだのが、九時五五分……」

敦也《あつや》が、つぶやく。

「とりあえず、浜《はま》に集まるか？」

悠人《ゆうと》が、ざっくりという。

「集まって、どうする？」

「うーん……」

そこから先は、なかなか話が進まない。

ざざぁ

しゃー

しょうがなさそうに、波がうねりをくりかえす。

敦也《あつや》が、ため息まじりにいった。

「もし七月二六日に日本がポツダム宣言《せんげん》を受けいれていたら、原爆《げんばく》も落とされなかったのになあ。ここを通る三つの船だって、攻撃《こうげき》されなかったのに……」

「何、それ？」

きょとんとして、悠人《ゆうと》が聞く。

「特別授業《じゅぎょう》の時、コーチがいってたろ」

周平《しゅうへい》が、小声でいう。

「え？　そんなこといってたっけ？」

「いってた」

「どこの、ダム?」

「ダムじゃない、ポツダムっていう地名だよ。なあ」

周平《しゅうへい》が、敦也《あつや》に助けをもとめる。

「うん、ベルリン郊外《こうがい》の町の名前だよ」

敦也《あつや》が、笑いながら答える。

「アメリカ、イギリス、中国がそこで話しあって、日本はもう戦争はやめるべきだって無《む》条件降伏《じょうけんこうふく》を迫《せま》ってきたんだ。あとから、ソ連も加わったけどね」

敦也《あつや》は、特別授業《じゅぎょう》のあとコーチにくわしく聞きに行ったらしい。こういうところが、ほかの三人とちがうところだ。

「へえ」

「どっちにしても、日本はもうほとんど壊滅状態《かいめつじょうたい》だった」

「カイメツ?」

悠人《ゆうと》が、聞く。

「全滅《ぜんめつ》、ってことじゃね？」

周平《しゅうへい》が、答える。

「でも、日本はこの時無視《むし》して返事をしなかったんだ。実際《じっさい》には、中立条約《じょうやく》を結んでいたソ連の出方をまっていたらしいけど。でもほかの国は当然、日本は戦争をやめる気がないって思うよね。それでアメリカは八月六日と九日に広島、長崎に原爆《げんばく》を落とし、ソ連は満州や樺太《からふと》の国境《こっきょう》をこえて攻《せ》めこんできたんだ。ソ連はもう、裏《うら》でこっそりアメリカと取引きしてたんだ……」

「ふうん」

四人は、ため息をついた。

敦也《あつや》が、ぽつんという。

「ぼく……、政治家《せいじか》になろうかな……」

「えっ？」

「おまえ、恐竜《きょうりゅう》の化石見つけて新聞にのるんじゃなかったの？」

「なんだけどさ……」

敦也《あつや》は、堤防《ていぼう》から投げだした足元に目を落とした。

「たくさんの人が、まだこの海に沈《しず》んでる。名前も知られず、見捨《みす》てられたまま……。国のほんの一にぎりの人間が、きちんと判断《はんだん》しなかったからだ。なのにだれも責任《せきにん》を取らずに、調査依頼《ちょうさいらい》さえしないなんて……」

敦也《あつや》は、堤防《ていぼう》をカンと足でけった。

「恐竜《きょうりゅう》の歴史《れきし》は一億六四〇〇万年、人類は五〇〇万年。知恵持って生まれたくせに何やってんだ人間って、恐竜《きょうりゅう》が笑ってるよ。絶対《ぜったい》どこかにあるはずなんだ、戦争をしない方法が」

敦也《あつや》はもう一度、カンと堤防《ていぼう》をけった。

浩太《こうた》は、空を見あげた。

カモメが数羽、のんびりと飛びかっている。

〈あれも、恐竜《きょうりゅう》か……?〉

かうかう　かうーっ

下を見おろして鳴きかわすカモメは、たしかに何かを笑っているようだ。

〈ああして生きのびて、恐竜《きょうりゅう》はひそかに人類を見はっているのか？〉

「ようしっ、おまえ政治家になれ！」

悠人《ゆうと》が、敦也《あつや》の肩《かた》をぽんと叩《たた》く。

「おれは、どこにいてもおまえに清き一票を入れてやるっ」

「おれもっ」

周平《しゅうへい》も、敦也《あつや》の肩《かた》をぽんと叩《たた》く。

「いてて、そんなこといったって選挙区がちがったら入れられないけど……」

「選挙区？」

悠人《ゆうと》と周平《しゅうへい》が、そろって首をかしげる。

敦也《あつや》は、今度は二人に選挙区の説明をしなければならなかった。

「岩永敦也《いわながあつや》っ、岩永敦也《いわながあつや》に清き一票っ」

「清き一票っ、よろしくお願いしますっ」

二人は、おかまいなしに選挙運動をはじめた。

「あのね……」

浩太《こうた》が、いう。

「ん？」

「おれ、毎年春に貝をひろいに来てたしょ？」

「うん」

「それで、おじいさんに会ったんだけどさ」

「ああ」

「貝、ずいぶん集まったんだよね……」

「ふんふん」

「コーチの特別授業《じゅぎょう》の日さ、夜にでっかいまん丸い月が出てさ」

「はあ」

「おれ、庭に出て貝を月にあててたら、貝がぼうっと光ってさ」

「ほう」

「その時、思ったんだ。この貝たち、海に沈《しず》んだ人たちの代わりにおれたちに何か伝えにきたんじゃないかって」

「へえ」

ちょっと現実《げんじつ》ばなれした話なのに、みんなちゃんと聞いてくれる。

浩太《こうた》は、思いきっていってみた。

「おれ……、貝を海にかえしてやろうと思うんだ」

「えっ?」

「せっかく集めたのに?」

「なんで?」

悠人《ゆうと》と周平《しゅうへい》が、聞く。

「だって……、このまま押《お》し入《い》れに入れておいちゃいけない気がするんだ。それに、海にかえしたらおれたちの気持ちを伝えてくれるかなって」

「おれたちの、気持ち?」

「何?」

「うーん、例えば『船のこと、知ってるよ』とか。『今まで、知らなくてごめんね』とか……」

「いいね！」

じっと聞いていた敦也《あつや》が、親指を立てた。

「それ、いいよ。二二日ここへ来て、自分たちの気持ちを伝えて貝を海にかえしてやろうよ」

「そうだな」

敦也《あつや》がいうと、

「そうするか」

「うーんっ、そうしよう！」

話はいっきにまとまった。

「じゃあ、おれ、サッカーがんばっぞって伝えるっ」

悠人《ゆうと》が、手をあげていった。

「えっ？　そういうこと？」

周平《しゅうへい》が、悠人《ゆうと》を見る。

敦也《あつや》が、笑いながらいう。

「ぼくは、国がなぜロシアに抗議《こうぎ》しないのかをちゃんと調べるって伝えるよ」

「おうっ、さすが政治家《せいじか》！」

「清き一票、清き一票っ」

悠人《ゆうと》と周平《しゅうへい》の選挙運動が、またはじまった。

「じゃあ、二二日朝九時に丹野《たんの》さんちの前の浜《はま》集合ってことでいい？」

浩太《こうた》が、確認《かくにん》する。

「おうっ」

三人の威勢《いせい》のいい声が、波をこえて沖へとひびいた。

海にかえる

「ここ」

浩太《こうた》が、茂彦《しげひこ》おじいさんがひざまずいていたところを指さす。

敦也《あつや》はしばらく砂浜《すなはま》と海を見くらべてから、ぼそっといった。

「蒸《む》しパン、食べたかった……」

「は？　おまえまだそんなこといってんの？」

「敦也《あつや》って、そんなに食い意地張《は》ってたっけ？」

悠人《ゆうと》と周平《しゅうへい》が、あきれたように敦也《あつや》の肩《かた》に腕《うで》をまわす。

浩太《こうた》は、持ってきた貝を三人に見せた。

三つの頭が、箱をのぞきこむ。

「うわあ、これアンモナイトそっくりだ！」

大きめの巻貝《まきがい》を見て、敦也《あつや》がいう。

「きれいだなあ」

周平《しゅうへい》が、ユニコーンの角《つの》を手に取る。

「それ、おじいさんに会った日にひろった貝だよ」

「へえ」

「南国の方の、貝だな」

敦也《あつや》が、いう。

「もしかしたら、南から来た人の代わりかな」

「えっ？」

浩太《こうた》は、敦也《あつや》が自分と同じことを思ったのがうれしかった。

四人は泰東丸《たいとうまる》が沈《しず》んだ鬼鹿《おにしか》の海に少しでも近づこうと、しべ川の河口《かこう》へ移動《いどう》をはじめた。

しばらく歩いていると、周平《しゅうへい》がさかんに後ろを気にしはじめた。

「だれか、来るぞ……」

「え、だれ？」

周平《しゅうへい》の視線を追ってふりかえると、ゆったりと青い暑寒別岳《しょかんべつだけ》の稜線《りょうせん》を背負《せお》って二つの影《かげ》がこっちに向かって歩いてくる。

かちっとした肩《かた》、耳の横でぴょんぴょんはねる髪《かみ》……。

「ドンコ……？」

四人は、顔を見合わせた。

もう一人は、ぽやぽやのくせ毛が潮風《しおかぜ》にもみくちゃにされて……。

「礼奈《れいな》ーっ？」

悠人《ゆうと》が、すっとんきょうな声を出す。

「まさか」

「ちがうだろ」

でも、近づいてきた影《かげ》はやはり香莉《かおり》と礼奈《れいな》だった。

二人は、しっかりと腕《うで》を組んで歩いてくる。いや、というより香莉《かおり》がラッセル車みたいに砂《すな》をけちらし礼奈《れいな》をひきずってくる。さすが、ドサンコ。

「あの二人、何しに来たんだ？」

「さあ?」

「礼奈《れいな》、ずっと学校に来てなかったろ」

「うん……」

四人は、とりあえず今日はジーンズ姿《すがた》の香莉《かおり》にほっとしながらひそひそといいあった。

追いついた香莉《かおり》は、ぶっきらぼうにいった。

「あんたたちが、歩いていくのが見えたから」

聞くと、香莉《かおり》は夏休みに何度も礼奈《れいな》の家に通ったらしい。

礼奈《れいな》は学校がいやだったわけじゃなく、父さんに反発して来なかったそうだ。

香莉《かおり》が、礼奈《れいな》をのぞきこんでいう。

「父さんと、戦ったんだよね。『私《わたし》が決めたんだから、枝里子《えりこ》先生は悪くない』って」

礼奈《れいな》は、恥《は》ずかしそうにこくんとうなずいた。

「私《わたし》のせいで、こんなことになっちゃって……」

消えいりそうな声で、いった。

元からやせてた礼奈《れいな》は、もっとやせたように見える。

〈そうか、だから礼奈《れいな》の父さんはあのまま何もいわなかったのか……〉

浩太《こうた》は、礼奈《れいな》の父さんがおとなしくなった理由がわかった。

「じゃあとにかく、二二日に一緒《いっしょ》に海へ行ってみようよ」

ということになって、礼奈《れいな》は香莉《かおり》の家に来ていたそうだ。

「そしたら、あんたたちが歩いていくのが見えたの」

香莉《かおり》は、顔の横で結んだ髪《かみ》をぴしぴしいわせて四人を見まわした。

国道沿《ぞ》いの辻井《つじい》石油からは、海がまる見えだ。

敦也《あつや》が、すかさず礼奈《れいな》に声をかける。

「新木《あらき》さん、よく来たね」

さすが、女子の星。

浩太《こうた》も、礼奈《れいな》は礼奈《れいな》なりにがんばっていたんだと思ったらすんなり声が出た。

「無理、すんな……」

周平《しゅうへい》と悠人《ゆうと》も、いった。

「そうだよ。恐《こわ》かったら、すぐ帰っていいぞ」

四人は、礼奈《れいな》と香莉《かおり》と一緒《いっしょ》に歩きだした。

歩きはじめてすぐ、今度は悠人《ゆうと》がしきりに堤防《ていぼう》を気にしはじめた。

「あれ？」

首をかしげる悠人《ゆうと》につられて堤防《ていぼう》を見ると、ひどく目立つ色のシャツがこっちを見ている。

「えっ？」

「まさか……」

目をこらしたみんなが、いっせいに叫《さけ》ぶ。

「大志《たいし》ーっ？」

思わず身がまえるみんなの目の前で、派手《はで》なシャツは堤防《ていぼう》をおりてずんずんこっちにやってくる。

「うそ。あいつ、何しにくんの？　また、余計《よけい》なこといいにくんじゃね？」

そうこうしているうちにぐんぐん近づいてきた大志《たいし》のシャツは目が覚めるような黄色で、よく見ると全体に無数の恐竜《きょうりゅう》模様《もよう》がちりばめられている。

〈きょ、恐竜《きょうりゅう》……?〉

のけぞるみんなを尻目《しりめ》に、大志《たいし》はけろっとしていった。

「父さんたち、今、光泉寺《こうせんじ》でお参りしてるぞ」

「へ?」

大志《たいし》がいうには、辻井《つじい》コーチ、角《かく》バン、酒田《さかでん》、枝里子《えりこ》先生が泰東丸《たいとうまる》が沈《しず》んだ時間に合わせて周平《しゅうへい》の父さんにお経《きょう》をあげてもらっているという。

〈それ、わざわざいいに来たの? なんのために?〉

みんながめんくらっていると、香莉《かおり》がいった。

「来年は子どもも一緒《いっしょ》にお参りするぞって、父さんがいってた」

浩太《こうた》、悠人《ゆうと》、周平《しゅうへい》は、顔を見合わせた。

「おれたち、いいよなあ。浜《はま》に来た方が、な?」

「うんっ」

周平《しゅうへい》が、元気よく答える。

「おまえ、いいのか? そんなことといって。寺の子だろ?」

悠人《ゆうと》が、小声でいう。

「いんだ、いんだ」

周平《しゅうへい》は、気楽なものだ。

「ティラノサウルス、スピノサウルス、トリケラトプス、プテラノドン……」

敦也《あつや》の目は、さっきから大志《たいし》のシャツに釘《くぎ》づけだ。

浩太《こうた》は、母さんに借りてきた時計を見た。

すでに、九時三〇分を回ってる。

泰東丸《たいとうまる》の後ろに潜水艦《せんすいかん》が浮上《ふじょう》したのは九時四〇分、大志《たいし》にかまっている時間はもうなかった。

みんなは、しべ川の河口《かこう》へと急いだ。

なぜか、大志《たいし》もしっかりついてくる。

浩太《こうた》は歩きながら、香莉《かおり》と礼奈《れいな》と大志《たいし》に貝を海にかえすことを伝えた。

しべ川の丘《おか》が、迫《せま》ってくる。

春には色のなかった丘《おか》が、ドングイの葉を一面にしげらせ緑に光ってうねってる。

河口《かこう》に到着《とうちゃく》すると、浩太《こうた》はみんなに貝を分けた。

浩太《こうた》、周平《しゅうへい》、悠人《ゆうと》、敦也《あつや》、香莉《かおり》、礼奈《れいな》、大志《たいし》は、鬼鹿《おにしか》の方を向いて波打ちぎわに一列に並《なら》んだ。

小笠原丸《おがさわらまる》は、この時間にはもう増毛別苅《ましけべつかり》沖に沈《しず》んでいる。

第二新興丸《だいにしんこうまる》は、大穴《おおあな》をあけられ傾《かたむ》いたままここを通りすぎた。

七四年前の、今日だ。

死ななくて、いい人たちだった。

たった何時間かの差で、命をうばわれてしまった……。

第二新興丸《だいにしんこうまる》から赤ちゃんを抱《だ》いて出てきた女の人、泰東丸《たいとうまる》の機関室に閉《と》じこめられ泣きながらドアを叩《たた》いて助けを求めた子どもたち。たくさんの浮遊物《ふゆうぶつ》をかきわけ、ようやく海面に顔を出した子どもとお母さん……。

あの人たちは、ここを通るまで生きていたんだ。

しゃーん
しゃーん

沖から、潮騒《しおさい》がよせてくる。

九時五五分。

七人は、鬼鹿《おにしか》の海に向かっていっせいに貝を投げた。

「おれたち、知ったぞーっ」

周平《しゅうへい》の、父さんゆずりのよく通る声がする。

「絶対《ぜったい》っ、忘《わす》れなーいっ」

波にぶつかる、ドンコの声。

「来年も、来るぞーっ」

「再来年《さらいねん》も、来るぞーっ」

みんなが、口々に叫《さけ》ぶ。

「恐《こわ》がって、ごめんなさーいっ」

みんなの声にまじって、礼奈《れいな》の細い声がする。

大志《たいし》が体をゆすって、大声で叫《さけ》ぶ。

「まっててくれーっ」

いつも皮肉ばかりいってみんなをしらけさせるけど、大志《たいし》も何かしたくて今日海へ来たんだと浩太《こうた》はわかった。

陽の光をはねかえしきらきらと美しい弧《こ》を描《えが》きながら、貝は海にかえっていった。

鬼鹿《おにしか》沖の水平線に、天売《てうり》、焼尻《やぎしり》の兄弟島が並《なら》ぶ。

その右に、利尻富士《りしりふじ》がすっきりとそびえ立つ。

かう　かう　かうーっ

カモメが一羽、七人をのぞきこむようにかすめていった。カモメを追ってしべ川に目をやった浩太《こうた》は、はっとした。向こうを向いているはずのおびまる広場のカモノハシリュウが、ぎろっとこっちを見た気がしたのだ。

〈ん？〉

見まちがいかと思ってもう一度見ていると、今度はとつぜんしべ川の河口《かこう》から磯舟《いそぶね》に乗った茂彦《しげひこ》おじいさんがあらわれた。

「えーっ」

思わず声をあげる浩太《こうた》に、みんながいっせいにこっちを見た。

「どした？」

「何？」

浩太《こうた》は、あわてて取りつくろう。

「い、いや。なんでも、ない……」

説明しても、みんなの目にはおじいさんの姿《すがた》は見えない。

「なんだ……」

けげんな顔で視線《しせん》をもどすみんなの間から、おじいさんを見る。

おじいさんは、はちまきをして舵《かじ》をにぎりまっすぐ沖を見つめてる。

陽に照らされた頬《ほお》がぴかぴか光って、なんだかずいぶん若《わか》く見える。

浩太《こうた》がぼうぜんと見送っていると、おじいさんがいきなりふりむいた。

〈え……〉

日焼けした顔からにっと白い歯をのぞかせ「よっ」と手をあげたおじいさんは、おどろいたことに浩太《こうた》と同じくらいの子どもだったのだ。

〈そんなこと……〉

あっけにとられる浩太《こうた》を残し、くるりと前を向いたおじいさんはまっしぐらに朝の海を駆《か》けていく。

かう　かう　かうーっ

カモメがふわりと風に乗り、おじいさんのあとを追った。

なぜ浩太《こうた》だけにおじいさんが見えるのか、それはわからない。でも、浩太《こうた》は思った。

〈おじいさんは今、子どもだったあの時にもどって海に沈《しず》んだ人たちを助けに行くんだ。そして、あの舟《ふね》にみんなを乗せて天にかえっていくんだな……〉

カモメとおじいさんはしだいに小さくなり、やがて海の上ではねる光に包みこまれるようにして見えなくなった。

浩太《こうた》は、海に残された光に向かってつぶやいた。

〈わかったよ、おじいさん。おれ、大人になってもちゃんと伝えていくよ〉


北緯《ほくい》四四度。

ゆったり青い稜線《りょうせん》を見せて、暑寒別岳《しょかんべつだけ》が増毛《ましけ》の海につきだしている。

沖を見つめる浩太《こうた》の背中《せなか》を、しべ川から吹《ふ》く風がやさしくなでて通りすぎていった。

あとがき

故郷《こきょう》の海に刻《きざ》まれた、悲しい事実がある。

前作『オリオンの上』（文研出版）は、故郷《こきょう》の海が舞台《ぶたい》だった。故郷《こきょう》の海を書くなら、避《さ》けて通れないこの事実にほんの少しでも触《ふ》れたかった。でもそれは、数行書いてすませられるものではなかった。

それなら正面から向き合おうと、「本作り空Sola」のＷＥＢサイトで連載《れんさい》をはじめた。この作品は、一七回におよぶ連載《れんさい》を一冊《さつ》にまとめたものだ。

三船殉難事件《さんせんじゅんなんじけん》。

一九四五年八月一五日、日本が敗戦を国内外に宣言《せんげん》した。その七日後の八月二二日、樺太《からふと》から引《ひ》き揚《あ》げてきた人たちを乗せた非武装《ひぶそう》の船が北海道西北の海で攻撃《こうげき》を受け沈没《ちんぼつ》、大破《たいは》した。攻撃《こうげき》した潜水艦《せんすいかん》は長い間国籍《こくせき》不明とされていたが、一九九二年に明らかになった資料《しりょう》で旧《きゅう》ソ連の潜水《せんすい》艦《かん》とわかった。

多くの犠牲者《ぎせいしゃ》を出したこの事件《じけん》、いまだたくさんの人が海の底に沈《しず》んでいる。留萌市《るもいし》、増毛《ましけ》町《ちょう》、小平町《おびらちょう》で毎年行われていた慰霊祭《いれいさい》もご遺族《いぞく》の高齢化《こうれいか》など時代の波に押《お》され一つ消え二つ消え、そのうち各地に立つ慰霊碑《いれいひ》が潮風《しおかぜ》にさらされて海をにらむばかりということになるだろう。

戦争は、一度起こってしまえばその傷口《きずぐち》は塞《ふさ》がることなく膿《う》み続ける。

樺太《からふと》では八月二二日に結ばれた日ソ停戦《ていせん》協定（知取《しりとる》協定）によって戦闘停止《せんとうていし》を見たが、満州ではなお戦闘《せんとう》が続き、千島列島は八月一八日の占守島《しゅむしゅとう》上陸から九月五日択捉《えとろふ》、国後《くなしり》、色丹《しこたん》、歯舞群《はぼまい》島の四島占領《せんりょう》までソ連は侵攻《しんこう》をやめなかった。

小平《おびら》しべ川から暑寒別岳《しょかんべつだけ》をのぞむ

三船遭難慰霊之碑《さんせんそうなんいれいのひ》

日ソ停戦《ていせん》協定を受けて、宗谷海《そうやかい》峡《きょう》は一時封鎖《ふうさ》され日本への引《ひ》き揚《あ》げは中断《ちゅうだん》された。翌年《よくとし》から再開《さいかい》されたが、労働力として樺太《からふと》に送りこまれていた朝鮮《ちょうせん》の人びとは国籍《こくせき》を理由に引《ひ》き揚《あ》げを許《ゆる》されなかった。ソ連兵から身を守るため、朝《ちょう》鮮人《せんじん》に嫁《とつ》いだ日本人女性《じょせい》もまた留《と》め置《お》かれた。

作品執筆《しっぴつ》中の二〇二二年二月二

四日、ロシアはウクライナへの侵攻《しんこう》をはじめた。二〇二三年一〇月七日には、中東でもふたたび紛争《ふんそう》に火がついた。目の前で母親を殺《ころ》され恐怖《きょうふ》と怒《いか》りに体を震《ふる》わせ泣《な》き叫《さけ》ぶ幼《おさな》い子どもの姿《すがた》や、夫や子ども、愛する肉親を失って嘆《なげ》き悲しむ人の姿《すがた》が、連日ニュースで映しだされる。暴行《ぼうこう》、略《りゃく》奪《だつ》、ジェノサイド、人権《じんけん》意識《いしき》の低い過去《かこ》の話と思っていた。科学も文明も進んだ現代《げんだい》に、戦争など起こるわけがない。ところがそれは起こり、現実《げんじつ》に悲惨《ひさん》な光景がくり広げられている。

科学や文明が進んでも、人の心は進まない。

戦場に駆《か》り出された多くの兵士《へいし》も、一般《いっぱん》市民なのだ。

くりかえした戦争で何百万もの命が失われなかったら、日本はもっと別な国になっていたかもしれない。人に与《あた》えられた知恵《ちえ》をしぼり、絡《から》みあった情勢《じょうせい》の糸を解《と》いて子どもの未来を開いていくのはいつだろう。

取材を重ねていく上で、断片的《だんぺんてき》な目撃情報《もくげきじょうほう》はあってもそれを裏《うら》づける証拠《しょうこ》となる資料《しりょう》が残されていないことにおどろいた。個人《こじん》の記憶《きおく》は消し去られ、歴史《れきし》の中に埋《う》もれていく。書き残すことの大切さを、学んだ。

ここにすべてを記すことはできないが、事件《じけん》の生存者《せいぞんしゃ》を全国に訪《たず》ね歩いた元札幌《さっぽろ》テレビ放送記者の中尾則幸《なかおのりゆき》さん、貴重《きちょう》な目撃証言《もくげきしょうげん》をくれた杉本京子《すぎもとけいこ》さん、紹介者《しょうかいしゃ》の佐野洋子《さのようこ》さん、北海道留《る》萌《もい》高等学校元新聞局顧問《こもん》菅野《すがの》昭浩《あきひろ》さん、コロナ禍《か》の連載《れんさい》中、地元小平町《おびらちょう》の写真を撮《と》り続けてくれた北川浩一《きたがわこういち》さんはじめ、たくさんの方々にお世話になった。

有島希音《ありしまきおん》

〈おもな参考資料〉

『海の中からの叫び　樺太引き揚げ三船遭難の記録』鈴木トミヱ　北海道出版企画センター
『海わたる聲』中尾則幸　柏艪舎
『千島占領　一九四五年夏』ボリス・スラヴィンスキー　加藤幸廣訳　共同通信社
『慟哭の海　樺太引き揚げ三船遭難の記録』北海道新聞社編　北海道新聞社
「本土への道」『萌陵』第二十八号　北海道留萌高等学校生徒会
「留萌沖三船遭難　終戦秘話」福士廣志　留萌市教育委員会

有島希音（ありしま　きおん）

北海道増毛町《ましけちょう》生まれ。札幌市在住。小笠原洽《ひろよし》嘉氏に師事。児童文学同人誌「まゆ」代表。単行本に『それでも人のつもりかな』（岩崎書店）、『オリオンの上』（文研出版）がある。日本児童文学者協会会員。

ゆの

フリーで活動するイラストレーター。色彩豊かなイラストを特徴とし、さまざまなアーティストのジャケットやMV、アニメコラボグッズ、イベントビジュアル等を幅広く手がけるほか、作品展も精力的に開催。
Instagram　https://instagram.com/_emakaw

装丁：佐藤レイ子　協力：中山義幸（Studio GICO）
企画・編集・制作：株式会社本作り空Sola　https://solabook.com

北緯44度 浩太の夏　ぼくらは戦争を知らなかった

2024年 5 月31日　第 1 刷発行

作者　有島希音
画家　ゆの
発行者　小松崎敬子
発行所　株式会社 岩崎書店
〒112-0005　東京都文京区水道1-9-2
電話　03-3812-9131(営業)/03-3813-5526(編集)
振替　00170-5-96822

印刷　三美印刷株式会社
製本　株式会社若林製本工場

ISBN978-4-265-84047-2　NDC913　19.5×13.5cm

Published by IWASAKI Publishing Co.,Ltd.
Printed in Japan

落丁本・乱丁本はおとりかえいたします。
E-mail : info@iwasakishoten.co.jp
岩崎書店HP : https//www.iwasakishoten.co.jp